VICTORY NOVELS

装甲空母大国

❸電撃のハワイ作戦!

原 俊雄

電波社

この作品はフィクションであり、登場する国家、団体、人物などは、
現実の国家、団体、人物とは一切関係ありません。

装甲空母大国(3)――電撃のハワイ作戦！

もくじ

第一章　マーシャル追撃戦……　7
第二章　新型艦戦／紫電改……　45
第三章　米機動部隊の再建……　56
第四章　重装甲空母／信濃……　68
第五章　マッカーサー攻勢……　87
第六章　電撃のハワイ進軍……　119
第七章　オアフ島大空襲！……　148
第八章　ハワイ沖大海戦！……　169

第一章　マーシャル追撃戦

1

母艦発進後、進撃を開始してからちょうど一時間が経とうとしていたが、洋上にいまだ敵空母のすがたは見えなかった。

第三波攻撃隊を率いる江草隆繁《えぐさたかしげ》少佐は、彗星《すいせい》艦爆に飛び乗り、午後零時四五分を期して母艦「大鳳《たいほう》」から発進。空中集合後、午後一時には進撃を開始していた。

索敵に出た二式艦偵六機がなおも敵艦隊との接触を保ち続けている。グラマンから迎撃に遭ってそのうちの一機は撃墜されてしまうが、米軍機動部隊が〝メジュロ方面（東南東）へ向けて退避しつつある〟ということを、江草は承知して空中を進撃していた。

時計の針は今、ちょうど〝午後二時〟を回ったところである。

第三波攻撃隊の兵力は紫電《しでん》一三二機、彗星六〇機、天山《てんざん》六〇機の計二五二機。

兵力に不足はないが、めざす敵空母群はすでに戦場（クェゼリン東南東・洋上）から離脱しようとしており、攻撃距離は優に二五〇海里を超えると予想された。

――おそらく、あと三〇分ちかくは、飛び続ける必要があるだろう……。

江草はそう覚悟していたが、第三波による攻撃の成否が、その後の戦争の行方を大きく左右するのにちがいなかった。

味方は、本日（二月二九日）早暁《そうぎょう》に生起した空母戦を優位に進め、米軍機動部隊をいよいよ追い詰めつつある。

トラック碇泊中の連合艦隊・旗艦「武蔵《むさし》」からは、敵艦隊を即刻追撃し〝戦果を拡大せよ〟との督励が出されており、出撃前に江草は、機動部隊指揮官の小沢中将から直々《じきじき》に呼び出され、特別な指示を受けていた。

「敵はメジュロへ向け退避しつつある！　攻撃距離は三〇〇海里ちかくに及ぶかもしれないが、われわれも敵機動部隊を追い掛け、攻撃隊を必ず迎えにゆく！　思い切って前進し、戦果を拡大してもらいたい」

「ここで一隻でも多くの米空母を沈めておくことができれば、わがほうは、将来のハワイ攻略戦を断然有利に戦えるのだ！」

小沢中将がめずらしく興奮気味にそう言及したため、江草も深々とうなずいて、重装甲空母「大《たい》鳳《ほう》」から飛び立っていた。

それにしても、午前中の戦いで傷付いた機が多く、味方機動部隊は第三波攻撃隊を準備するのにたっぷり一時間半もの時間を要した。

この日・午前一一時一五分に帰投機の収容をすべて終えた時点で、第一、第二機動艦隊の空母艦上には全部で、紫電《しでん》二二八機、彗星九三機、天山九六機、二式艦偵一五機の計四三二機が残されていた。そのなかから小沢は、まず六機の艦偵に発進を命じたが、残る攻撃機を再出撃可能な状態に修理するのがいかにも一苦労だった。

そうこうするうちに出した艦偵から索敵報告が入り、米軍機動部隊はもはや戦場から離脱し始めている、ということが判明した。

機の修理にあまり時間を掛け過ぎると、せっかくの敵を取り逃す恐れがあり、小沢は、約三分の二の彗星、天山が修理を終えたところで、攻撃を決意し、午後零時四五分を期して第三波攻撃隊に発進を命じたのだった。

第三波攻撃隊／攻撃目標・残存米空母
・第一機動艦隊　指揮官　小沢治《じ》三郎《さぶろう》中将
①重空「大鳳」／紫電一二、彗星九、天山九
①重空「白鳳《はくほう》」／紫電一二、天山九
①重空「玄鳳《げんほう》」／紫電一二、天山九
③装空「飛《ひ》鷹《よう》」／紫電六、彗星九
③装空「隼鷹《じゅんよう》」／紫電一二、彗星六、天山六
⑤軽空「千歳《ちとせ》」／紫電一二
⑤軽空「千代田《ちよだ》」／紫電一二
・第二機動艦隊　指揮官　角田《かくだ》覚治《かくじ》中将
②装空「雲鶴《うんかく》」／紫電九、彗星一二、天山九
②装空「翔鶴《しょうかく》」／紫電九、彗星一二、天山九
②装空「瑞鶴《ずいかく》」／紫電九、彗星一二、天山九
④軽空「翔鳳《しょうほう》」／紫電九
④軽空「龍鳳《りゅうほう》」／紫電九
④軽空「瑞鳳《ずいほう》」／紫電九
※○数字は所属航空戦隊を表わす。

第三航空戦隊の装甲空母「飛龍」はすでに沈没しており、この時点で第一機動艦隊の「白鳳」「玄鳳」「飛鷹」の三空母が中破程度の損害をこうむっていた。そのためこれら三空母の出撃機数を減らし、発進時の負担を軽減することにした。

かたや、第二機動艦隊はまったく空襲を受けておらず、六隻の母艦はすべて健在だ。

また、第一機動艦隊の旗艦「大鳳」は小破程度の被害で先の空襲を乗り切り、「大鳳」「雲鶴」「翔鶴」「瑞鶴」の大型空母四隻からは、攻撃機を三〇機ずつ出すことにした。

さらに中型空母は、「隼鷹」が無傷で空襲を乗り切り、同艦からも二四機の攻撃機を出す。

そして、五隻の軽空母は戦闘機のみを攻撃に出すが、ブラウン基地の零戦を収容した「翔鷹」「龍鳳」「瑞鳳」の三隻から紫電九機ずつを出し、零戦を収容する必要のなかった「千歳」「千代田」の二隻から紫電一二機ずつを出すことにした。

飛行甲板をかなり損傷した「白鳳」「玄鳳」「飛鷹」の三空母から、全力で攻撃機を発進させるのはいかにも困難だった。

大型の「白鳳」「玄鳳」は通常三六機の攻撃機を発進させられるが、それを二一機に減らし、中型の「飛鷹」は、通常三〇機の発進が可能だが、それを一五機に減らしたのである。

その上で、これら三空母の攻撃機は、通常二五秒間隔で発進させられるところを、大事を取って四〇秒間隔で発進させた。

その甲斐あって、第三波攻撃隊の全二五二機が午後一時には上空へ舞い上がり、第一、第二機動艦隊はそれら攻撃機を追い掛けるようにして、速力二四ノットで東南東へ向けて進撃を開始したのであった。

こうしてひとまず追撃の矢は放たれたが、空母一三隻の艦上ではなおも艦載機の修理が続けられていた。そして、約一時間後の午後一時四八分には第四波攻撃隊の発進準備もととのった。

第四波攻撃隊／攻撃目標・残存米空母
・第一機動艦隊　指揮官　小沢治三郎中将
①重空「大鳳」／紫電八、彗星三、天山三
①重空「白鳳」／紫電八、彗星五、天山三
①重空「玄鳳」／紫電八、彗星五、天山三
③装空「飛鷹」／紫電九、彗星三、天山二
③装空「隼鷹」／紫電六、彗星五、天山四
・第二機動艦隊　指揮官　角田覚治中将
②装空「雲鶴」／紫電五、彗星二、天山四
②装空「翔鶴」／紫電五、彗星二、天山四
②装空「瑞鶴」／紫電五、彗星二、天山四
※○数字は所属航空戦隊を表わす。

第四波攻撃隊の兵力は、紫電五四機、彗星二七機、天山二七機の計一〇八機。

第三波、第四波ともに、彗星はすべて五〇〇キログラム通常爆弾を装備し、天山は全機が航空魚雷を装備して出撃してゆく。かたや、紫電の攻撃半径はおよそ二七〇海里のため、護衛戦闘機隊にはかなりの負担を強《し》いることになるが、攻撃隊発進後も一三隻の母艦はメジュロ方面へ向けて軍を進め、攻撃隊の負担をすこしでも減らすことになっていた。

今度も「白鳳」「玄鳳」「飛鷹」の三空母は四〇秒間隔で攻撃機を発進させたが、約一二分後には難なく全機が上空へ舞い上がり、午後二時には第四波攻撃隊の発進も完了した。

第四波は根岸朝雄《ねぎしあさお》大尉が空中指揮官となって出撃し、これで第三波、第四波を合わせて、全部で三六〇機に及ぶ攻撃機がもう一度米空母の撃破をめざして進撃して行ったのである。

米軍機動部隊を首尾よくマーシャル近海から退けることができ、帝国海軍の空母が再度、空襲を受けるようなことはまずないが、それでも小沢中将は万一の場合に備えて、防空および対潜警戒用に四二機の紫電（修理中のものも含む）を手元に残しておいた。

そして、空母一三隻の艦上では依然として艦載機の修理が続いていたが、結局、彗星六機と天山九機の修理が間に合わず、それら一五機はついに本日の出撃を断念したのであった。

2

ジョセフ・J・クラーク大佐が艦長を務める空母「ヨークタウンⅡ」は、マーク・A・ミッチャー少将の本隊よりすこし後れて航行していた。

懸命の復旧作業により、クラークは、一時一〇ノットまで低下していた「ヨークタウンⅡ」の速力を一六ノットまで回復させていたが、二六ノットで退避しつつある本隊から後れてしまい、午後一時四五分の時点で、本隊の二〇海里ほど後方に位置していた。

手負いの「ヨークタウンⅡ」を護《まも》るためにミッチャーは、軽巡「オークランド」と駆逐艦四隻を後方へ残しておいたが、午後一時五〇分過ぎにはついに来るべきものがやって来た。

午後一時五二分。「ヨークタウンⅡ」のレーダーが日本軍機の大群を探知して、ミッチャー少将が座乗する、機動部隊の旗艦「レキシントンⅡ」にそのむねを通報して来たのだった。

「敵機大編隊は、あと三五分ほどで『ヨークタウンⅡ』の上空へ達します！」

通信参謀がそう告げるや、ミッチャーは出撃可能な全戦闘機に対して即座に発進を命じた。

それはよかったが、風は依然として北東から吹いている。参謀長のアーレイ・A・バーク大佐がすかさず、それを指摘した。

「ヘルキャットをすべて迎撃に上げるには、東南東への退避を一時中止して、およそ反転しながら北東へ針路を執る必要がございます！」

バークに言われるまでもなく、ミッチャーも当然、そのことは承知していた。

「わかっとる！『ヨークタウンⅡ』を断じて見捨てるわけにいかんし、迎撃戦闘機なしでは本隊の上空を護ることもできん！」

それはそのとおりだった。迎撃戦闘機を上げずして、本隊だけが〝逃げ切れる〟という保障などどこにもなかった。

このとき第五八機動部隊の上空では、一六機のヘルキャットが直掩《ちょくえん》に当たっており、日本軍の二式艦偵五機をいまだに追いまわしていた。そしてそれらヘルキャットのガソリンも、そろそろ底を突きかけていた。

ミッチャーは迎撃戦闘機を上げるついでにそれら直掩のヘルキャットも一旦収容してガソリンを補充してやろうと考えたのだが、バークは風上へ向かう必要性を、念のために説いたまでのことでミッチャーの方針にすぐさまうなずいた。

「わかりました。全ヘルキャットを迎撃に上げて敵機群に足止めを喰らわせましょう。その手しかなさそうです！」

「ああ、わずか一〇分だ！　一〇分以内に迎撃戦闘機を上げ直掩隊を収容する。終わり次第、再度反転し、東南東へ軍を取って返す！」

むろんバークもうなずいて、この方針が時を移さず機動部隊の全艦艇に伝わった。そして先行していた本隊の母艦七隻は、まもなく北東へ向けて一斉に疾走し始めた。

いっぽうで、発着艦不能となっていた「ヨークタウンⅡ」は、このとき艦載機を一機も搭載しておらず、護衛の艦艇五隻とともに東南東へ向けてなおも退避し続けた。

はたして、米軍機動部隊もまた多くの機が修理を必要としていたが、本隊のエセックス級空母三隻およびインディペンデンス級軽空母四隻の艦上には、この時点で即時発進可能なヘルキャットが全部で一五八機は残されていた。

そして、それら全機が九分ほどで発進を終えたのは良かったが、直掩隊の一六機を収容するのに若干、手間取ってしまった。

結局、一連の発進収容作業を完了するのに一二分ほど掛かり、第五八機動部隊の全艦艇が針路を東南東へ取って返したのは、午後二時五分過ぎのことだった。

その間に本隊と「ヨークタウンⅡ」との距離は約一〇海里となるまでに近づいており、飛び立った一五八機のヘルキャットは、本隊の手前およそ四〇海里の上空で迎撃態勢をととのえた。それが午後二時一五分ごろのことで、そこへ計ったようにして江草少佐の率いる第三波攻撃隊が来襲したのである。

空母「ヨークタウンⅡ」との距離がいまだ三〇海里ほど離れており、江草は依然として米空母のすがたを視界にとらえていなかった。

が、こうしてグラマンが迎撃に現れたのだから江草はとっさに確信した。

――よし、敵艦隊は近い！　このまま飛び続ければ、必ず米空母を発見するはずだ！

それにしても、紫電を出し惜しみせず、第三波攻撃隊に一三二機の護衛戦闘機を伴っていたのは正解だった。

予想されたことではあるが、迎撃に現れたグラマンの数はあきらかに紫電を上まわっており、米軍機動部隊はいまだかなりの数の戦闘機を母艦に残していたのだ。

惜しむらくは紫電の数がグラマンより少し劣勢だったことで、攻撃隊は、紫電の反撃をかわした二〇機あまりのグラマンから容赦なく波状攻撃を受け始めた。

江草はすぐさま密集隊形を採って守りを固めたが、時間の経過とともに彗星や天山が一機、また一機と撃ち落とされてゆく。

そして、戦闘開始からおよそ五分後には一三機の攻撃機を撃墜されて八機を撃退されてしまったが、第三波攻撃隊のほうもその間に一五海里ほど前進しており、江草はめざす洋上に「ヨークタウンⅡ」をついに発見した。

――しめた、空母だ！　……あの大きさは、エセックス級の大型空母にちがいない！

しかし、そのときにはもう、攻撃隊は彗星五〇機、天山四九機の計九九機となるまで数を減らしていた。そのため第三波搭乗員のだれもが、隊長は〝すぐにでも突撃を命じるにちがいない！〟と思っていたが、独り江草はいっこうに満足していなかった。

――敵は空母をふくめてもわずか六隻だ。しかも敵空母の速力はかなり低下している。……おそらくこの先に、もっと有力な敵が居るはずだ！

江草の観察眼はじつに鋭く、この米空母を、江草は瞬時に、敵本隊から〝落伍したヤツにちがいない！〟と看破した。

なるほど、さらに近づいてゆくと、眼下の米空母は大きく左へ傾き、速度も一五ノット程度しか出ていない。そして、その傍には護衛艦艇が五隻しか付いておらず、そのことが〝落伍艦〟であることを、なにより証明していた。

だとすれば、この先で敵機動部隊の本隊が行動しているはずで、優先的に攻撃すべきは、本隊に属する敵空母のほうにちがいなかった。

――よーし、〝コイツ〟の処理は第四波に任せてやろう！

これ以上軍を進めると、さらに多くの機を失うのは必定だが、攻撃兵力はいまだ一〇〇機ちかくも残っている。

眼下の米空母に一〇〇機ちかくもの攻撃機を集中するのは〝牛刀《ぎゅうとう》をもって鶏《にわとり》を割《さ》く〟ようなもので、あまりに大げさだし、小沢長官の意にもそぐわない。

長官の指示どおりに、ここで一隻でも多くの米空母を沈めておくには、先へ軍を進めて、新手の敵空母を探しもとめるしかなかった。

艦隊司令部が第四波攻撃隊を準備中であることを知っていた江草は、躊躇《ちゅうちょ》することなくさらなる前進を命じ、大胆にも空母「ヨークタウンⅡ」の上空を素通りした。

それを見てクラークは俄然《がぜん》、驚いたが、かれは空襲をまぬがれてホッとするどころか、かえって自尊心を傷付けられた。

――くそっ、バカにしやがって！　俺を無視するとは、なんと無礼なヤツらだ！

それでもクラークはありったけの対空砲をぶっ放してみせたが、空をわずかに黒く染めたのみで一機も撃ち落とすことはできなかった。

同じくヘルキャットの多くも意表を突かれたがそれは一時のこと。すぐさま日本軍攻撃隊に追いすがり、これまで以上の烈しさで波状攻撃を繰り返した。

江草はなおも密集隊形をとり続けたが、被害が続出してゆく。まさに我慢のしどころだが、常識的に考えて敵本隊は二〇〇海里圏内で行動している可能性が高く、ここはガソリンの浪費を厭《いと》うている場合ではなかった。

飛行距離はもはや二六〇海里を超えようとしていたが、江草は〝ここぞ！〟とばかりに覚悟を決めて、攻撃隊の進軍速度を俄然一八〇ノットから二三〇ノットに引き上げた。

これまでは天山の巡航速度に合わせて飛んでいたが、同機の航続力には余裕がある。そこで江草は俄然、攻撃隊の進軍速度を彗星の巡航速度まで引き上げたのだ。

五〇ノットの速度差は時速一〇〇キロメートルちかくに相当する。それでもＦ６Ｆの追撃を振り切ることはできないが、めざす敵本隊は近いのにちがいなく、グラマンは狂ったようにその進撃を阻止しようとして来た。

そして江草の予想は、見事に的中した。速度を上げてから、およそ四分後、江草はめざす洋上に敵本隊の一端を認めたのである。

――よし、見えた！　あれは敵艦の航跡だ。あの先に、必ず敵空母が居るにちがいない！

それは午後二時二九分のことだった。

しかし、グラマンの追撃はなお止まない。

はたして二分後、江草はついに二隻の大型空母を洋上に発見したが、そのときにはもう攻撃隊はさらに三〇機を減殺されていた。

それら三〇機のうちの一八機を完全に撃ち落とされ、残る攻撃兵力は彗星三六機、天山三三機の計六九機となっている。

空母二隻を攻撃するには充分だが、江草が視界にとらえたのは「レキシントンⅡ」と「ホーネットⅡ」だった。

両空母の速度はすでに二六ノットまで低下しており、残る五空母「ワスプⅡ」および「キャボット」「モントレイ」「ラングレイ」「カウペンス」からすこし後れて航行していた。

周知のとおり、「レキシントンⅡ」にはミッチャー少将が座乗しており、その周囲には戦艦などががっちりと張り付いている。

「レキシントンⅡ」と「ホーネットⅡ」が空襲を受けるのはもはや必定だが、なんとミッチャー少将は、一旦収容していた一六機のヘルキャットを第三波攻撃隊が進入して来るまでのあいだに再び上空へ舞い上げていた。

じつは、「レキシントンⅡ」「ホーネットⅡ」はヘルキャット三機ずつを舞い上げ、それ以外の五空母は二機ずつを舞い上げていたが、これら一六機は飛行甲板をめいっぱい使って飛び立つことができたため、二〇機以上を一斉に発進させる必要のあった迎撃戦闘機隊とはちがって、母艦の艦首を風上に立てることなく発進させることができたのだった。

風はむろん北東から吹いており、左から横風を受けながらの発進となったが、母艦七隻の速力はいずれも二五ノットを超えていた。

充分に合成風力を得られたので、艦隊用空母なら風上へ向かわずとも少数の戦闘機であれば発進させられる。ちなみにそれは日本の空母でも同じことだった。

午後二時三一分。江草は満を持して突撃命令を発したが、その直後に一六機のヘルキャットから不意撃ちを喰らった。

空母を探し出すために、さすがの江草も洋上に気を取られており、高空から襲い掛かって来た敵機に気づくのが後れてしまったのだ。

その一撃を喰らい、攻撃隊はさらに彗星五機と天山八機を失ってしまった。しかし、多くの攻撃機がすでに接敵を開始しており、日の丸飛行隊は怯《ひる》まず「レキシントンⅡ」と「ホーネットⅡ」に突入して行った。

それを見て米艦艇が一斉に対空砲をぶっ放す。

周囲を圧するほどの砲火だが、一九四四年二月のこの時点ではいまだ充分にはＶＴ信管付きの高角砲弾が行き渡っておらず、米空母や戦艦の多くが、午前中の戦いですでにＶＴ信管付きの砲弾を撃ち尽くしていた。

それでも、さらに一七機の日本軍機が対空砲火によって突入を阻止されたが、その砲火を敢然と掻いくぐって、結局、彗星二一機と天山一八機が投弾に成功した。

そして、それら三九機のうちの彗星八機と天山一二機が「レキシントンⅡ」に襲い掛かり、残る彗星一三機と天山六機が「ホーネットⅡ」に襲い掛かった。

両空母は左右へ分かれて疾走、最大速度で懸命の回避をおこなったが、帝国海軍の荒武者たちはその動きから決して目を離さなかった。

彗星や天山が次々と突入、二五ノット程度で走りまわる敵空母をやり損なうはずもなく、およそ二五分に及ぶ攻撃で、第三波攻撃隊は空母「レキシントンⅡ」に爆弾一発と魚雷二本、空母「ホーネットⅡ」にも爆弾二発を命中させた。

懸命の回避運動もむなしく、両空母の艦上から次々と黒煙が昇り、「レキシントンⅡ」の舷側から巨大な水柱が林立した。

命中した爆弾はいずれも五〇〇キログラム爆弾だ。それを二発ほど喰らった「ホーネットⅡ」は飛行甲板をすっかり破壊され、いよいよ戦闘力を奪われた。

それもそのはず。同艦は午前中の被弾も合わせて計四発の爆弾を喰らっており、修理の見込みが立たず飛行甲板を大破、機関部まで火災が達して速力も一八ノットまで低下してしまった。

それでも「ホーネットⅡ」は沈むような気配を見せなかったが、もはやこうなると攻撃隊の発進はまず不可能で、ヘルキャットの収容もあやしくなっていた。

しかし「ホーネットⅡ」の状況はまだマシなほうで、同時に空襲を受けた「レキシントンⅡ」は速力がもはや四ノットまで低下していた。

いや、それだけではない。

飛行甲板前部が爆弾の炸裂で業火《ごうか》に包まれ、火だるまとなった一機の天山が体当たりでさらに艦橋近くへ突っ込み、「レキシントンⅡ」は艦橋でも火災が発生。ミッチャー少将が大火傷《おおやけど》を負《お》ってしまった。艦長のフェリックス・B・スタンプ大佐はなんとか火を避けたが、右舷に大量の浸水をまねいて配電盤がショートしてしまい、思うように火を消すこともできない。

もはや〝これまで！〟と観念したスタンプ艦長はミッチャー少将以下、機動部隊司令部の面々に急ぎ退艦をうながした。

なるほど「レキシントンⅡ」は航空母艦としての機能をすでに喪失していた。

ところがミッチャーは、旗艦の変更を潔《いさぎよ》しとせず、あくまで「レキシントンⅡ」の艦上で指揮を執り続けた。なぜなら、空襲を受け始めたころからレーダーがさらなる敵機群を探知しており、みずからが旗艦を変更することによって、機動部隊の撤退が遅延、ほかの空母や護衛艦艇を〝次なる空襲の巻き添えにしてしまう！〟とミッチャーは考えたのだった。

空母「レキシントンⅡ」のレーダーが探知したさらなる敵機群とは、いうまでもなく根岸大尉の率いる第四波攻撃隊だった。

同時に空襲を受けた「ホーネットⅡ」は、速力が一八ノットに低下していたものの、いまだ自力での航行が可能だ。

――せめて「ホーネットⅡ」は、パールハーバーへ帰投させる必要がある！

口に出してこそ言わないが、ミッチャーは肚《はら》をくくってそう考え、「レキシントンⅡ」を「ホーネットⅡ」の〝盾《たて》〟とする覚悟を決めた。

スタンプ艦長が懸命の復旧を試みるも、速度は四ノットまでしか上がらず、「レキシントンⅡ」はみるみる西方へ落伍し始めた。

上空で指揮を執る江草少佐はそれを見て、一隻の大型空母に〝致命傷をあたえた！〟と確信、攻撃隊をまとめて引き揚げに掛かろうとした。

が、いくら呼び出しても雷撃隊〝隊長〟機からの応答がない。

それもそのはず。じつは火だるまとなって「レキシントンⅡ」の艦橋近くへ体当たりで突入していたのは、雷撃隊指揮官・村田重治《しげはる》少佐の操縦する天山だったのだ。

村田機は、空母「レキシントンⅡ」の右舷へ見事に魚雷を命中させるや、そのまま同艦の艦橋付近へ猛然と突っ込み、ミッチャー少将に大火傷を負わせていた。

あるいは火傷を負っていなければミッチャーはスタンプ艦長の説得に応じて退艦していたかもしれない。しかしかれは、歩行困難な状態となっており、みずからが退艦すれば〝時間を浪費するにちがいない〟と考えた。

なるほど事態は切迫していた。日本軍機は一旦上空から飛び去ったが、その一〇分後には早くも西北西上空で空中戦が始まった。

そして上空を護るヘルキャットは、これまでの戦いで計一一八機となるまでにその数を減らしており、一時間ちかくに及ぶはげしい空中戦でパイロットもみな疲弊していた。

それでもかれらは必死に戦い、ミッチャー少将の期待どおり、先行する「ホーネットⅡ」以下の六空母を見事メジュロ方面へ逃してみせた。しかし、すべての日本軍機を退けることはできず、第四波攻撃隊の彗星一四機と天山一二機をあえなく取り逃してしまった。それら二六機から狙われたのは、いうまでもなく「レキシントンⅡ」と「ヨークタウンⅡ」だった。

午後三時二六分。第四波攻撃隊の指揮官を務める根岸大尉が突撃命令を発したとき、「レキシントンⅡ」は先行部隊から五海里ほど後れ、「ヨークタウンⅡ」は一五海里ほど後れていた。

　じつは根岸大尉は、遁走《とんそう》してゆく「ホーネットⅡ」のすがたも視界にとらえていたが、これ以上攻撃機を失うわけにはいかず、眼下をゆく二隻の敵空母「レキシントンⅡ」「ヨークタウンⅡ」への攻撃を急いだ。なるほど、三隻目の「ホーネットⅡ」を仕留めるには機数があまりに少なく、この判断はいかにも適切だった。

　突撃命令が出されるや、速度が大幅に低下していた「レキシントンⅡ」に根岸機以下の天山六機が襲い掛かり、ミッチャーは迫り来る敵雷撃機を見て、にわかに観念した。

　――四ノットではどうしようもない。……「レキシントンⅡ」はやられるだろう。

　同艦はもはや右へ傾斜しており、根岸機以下は右舷前方から迫って、その舷側に魚雷二本をきっちりと突き刺した。

　まさに狙いどおりの攻撃となり、二本目の魚雷が命中するや、右舷舷側に大破孔を生じて、「レキシントンⅡ」は横倒しとなりながら、ゆっくりと波間へ没し始めた。

　沈没の直前に機動部隊幕僚らは駆逐艦「オーウェン」へ移乗したが、ミッチャーはその前にひとつだけ、参謀長のバーク大佐に質問した。

「……じつに残念だが、『ホーネットⅡ』は攻撃をまぬがれたかね？」

「はい。最後に来襲した敵機は、本艦と『ヨークタウンⅡ』に攻撃を集中し、他空母への攻撃をあきらめました。……『ホーネットⅡ』は戦場から離脱しております！」

　バークはそう即答し、その上で再度、司令官に退艦するようもとめたが、ミッチャーは、それを断じて拒否したのである。

「ホーネットⅡ」が無事であると聴いていかにも満足げな表情を浮かべたが、スタンプ艦長と最期まで艦橋に残り、マーク・A・ミッチャー少将は敗北の責任を取って、空母「レキシントンⅡ」と運命をともにした。

どす黒い重油の渦《うず》に呑まれながら、同艦は午後四時三分に海中へ没していった。

3

日本軍攻撃隊の進出距離はいずれも二六〇海里を超えており、「レキシントンⅡ」に襲い掛かった天山六機の進出距離はおよそ二七五海里に達していた。

その手前・約一〇海里の洋上では「ヨークタウンⅡ」も日本軍機の猛攻にさらされている。

艦長はクラーク大佐だ。

先に来襲した敵機群は上空をぬけぬけと通り過ぎて行ったが、次いで来襲した敵機は、その多くが「ヨークタウンⅡ」に突入し始め、クラークの闘争本能に火を点《つ》けた。

——こしゃくなジャップめっ、いよいよ来たな！　だが、「ヨークタウンⅡ」に手出しして来たことをきっちり後悔させてやる！

じつは「ヨークタウンⅡ」が第四波の彗星一四機と天山六機から空襲を受け始めたのは、「レキシントンⅡ」が雷撃を受け始めたのより、わずかに早かった。

ヘルキャットの迎撃をかわした敵爆撃機が上空へ進入し始め、乗艦「ヨークタウンⅡ」へ向けて次々と急降下して来る。それを見て、クラークは気合いたっぷりに命じた。

「まずは面舵だっ！　しかし二〇秒後には、左へいっぱいに舵を回せ！」

クラークがそう命じるや、はたして空母「ヨークタウンⅡ」の艦首が一度は右へ振れ、しばらくしてから取り舵が効いてきて、艦はたちまち左へ大回頭し始めた。

速力はむろん一六ノットしか出ていないが、「ヨークタウンⅡ」のこの動きに惑わされ、先陣を切って急降下した彗星三機は、同艦・右舷側の海へ爆弾を投じてしまい、まるで命中を得ることができなかった。

舷側から右へ一〇メートルほど離れた海上で水柱が林立し、一瞬「ヨークタウンⅡ」のすがたを周囲から遮蔽《しゃへい》したが、飛行甲板が水しぶきでびしょ濡れとなったのみで、空母は水柱を掻いくぐり堂々とすがたを現した。

そして、そのときにはもうクラークはとっくに面舵を命じており、「ヨークタウンⅡ」が右へ回頭し始めるや、続いてダイブした彗星三機も今度は左舷側の海へあっさりと爆弾を投じてしまい、またもや一発たりとも爆弾を命中させることができなかった。

副長のジョー・H・クレイマー中佐は、クラーク艦長の見事な指揮ぶりを目《ま》の当たりにし〝まるで魔法のような操艦術だ……〟と、見惚れて感嘆せざるをえなかったが、日本軍攻撃隊もそう甘くはなかった。

今度は右舷側から三機の雷撃機が迫って来た。

低空へ舞い下りた天山三機がいよいよ突入して来たのだが、それをかわすために、クラークは右旋回を続けざるをえず、「ヨークタウンⅡ」の舵を右へ執り続けた。

この判断はたしかに的を射ており、同艦は最大速度で右へ回頭し続ける。その甲斐あって、三本目の魚雷も艦尾すれすれにきっちりと避け切ってみせた。

だが、そのときにはもう、上空から続けざまに五機の彗星が逆落としとなっており、この攻撃にはさすがのクラークも手を焼いた。

——いかん、雷爆同時攻撃だ！　敵機は右前方へ爆弾を投じて来るぞっ！

そう直感するや、クラークはとっさに取り舵を命じたが、右へすっかり大回頭していた「ヨークタウンII」の舵は、そう簡単には言う事を聞いてくれない。

艦はしばらく右旋回を続け、敵機の未熟さも手伝って爆弾二発をかわしてみせたが、クラークの操艦術にもおのずと限界はあった。

降下した五機中三機目の技量は確かで、同機の投じた五〇〇キログラム爆弾がついに飛行甲板のほぼ中央を突き刺した。

鋭い閃光を放って爆弾が炸裂し、その直後から速度がみるみる低下し始めた。

艦内奥深くで火災が発生。黒煙がもうもうと立ち昇り、「ヨークタウンII」は飛行甲板に大破孔を生じただけでなく、機関部にもダメージを受けて速力が一気に六ノットまで低下してしまった。

——やっ、やられた！　あと、もうすこしでかわせたのに……。

クラークは声を張り上げ、即座に消火を命じたが、火の勢いはなかなかおさまらない。

黒煙に邪魔されてしばらくは爆弾の命中が途切れたが、上空からさらに彗星三機、右舷前方からもさらに天山三機が迫っていた。

これが最後の攻撃だ。

クラークもそのことに気づいていたが、火を消し止めないことには速度も上げられない。それでもかまわず増速を命じたが、まったく間に合わなかった。

この機を〝逃すものかっ!〟と彗星三機と天山三機が手負いの空母へ一斉に殺到。空母「ヨークタウンⅡ」は飛行甲板・艦橋後方に爆弾もう一発を喰らい、立て続けに右舷舷側・後寄りへついに魚雷一本を喰らった。

そして次の瞬間、「ヨークタウンⅡ」は右舷の防御区画を撃ち破られて機関が完全に停止。消火が終わらぬうちに二発目の爆弾が炸裂し、艦内各所で誘爆が発生。もはや手の付けられない状態となって、空母「ヨークタウンⅡ」は艦全体が紅蓮《ぐれん》の炎に包まれた。

黒煙を噴き上げるようにして烈しく燃え上がりながら、艦が急激に右へ傾斜してゆく。最後に爆弾と魚雷がほぼ同時に炸裂したことで相乗効果が起き、「ヨークタウンⅡ」の被害をより深刻にしていた。

午前三時五八分。艦内でひときわ大きな爆発が起きると、空母「ヨークタウンⅡ」は完全に横倒しとなって、海中へ引きずり込まれるようにして沈没していった。

最後に魚雷を喰らってからいまだ一〇分ほどしか経っておらず、同艦はまさに轟沈《ごうちん》したといってよかった。艦長のジョセフ・J・クラーク大佐は脱出する暇もなく、「ヨークタウンⅡ」と運命をともにしたのである。

海上にはしばらくのあいだ、大きな波紋が広がっていた。

そのおよそ五分後には「レキシントンⅡ」も海上からすがたを消し、「ヨークタウンⅡ」の護衛に当たっていた軽巡「オークランド」と四隻の駆逐艦は、両空母から脱出した乗組員を救助するのに大忙しとなった。

午前中の一次戦闘で空母「ヨークタウンⅡ」の速力が大幅に低下したあと、じつは第一空母群司令官のジョン・V・リーヴス少将は「オークランド」に移乗していた。

リーヴスは、移乗した「オークランド」の艦上で、午前中までかれが座乗していた「ヨークタウンⅡ」が沈没してゆくすがたを目の当たりにしていたが、あまりにすさまじい渦に呑み込まれて同艦が轟沈していったので、その渦がすっかりおさまるまでは、「ヨークタウンⅡ」に近づくことができなかった。

そうこうするうちに「レキシントンⅡ」も沈没してしまい、ミッチャー少将が艦と運命をともにしたこともわかった。

――なっ、なんたる凄惨な最期だ……。これはひょっとして、出撃前に機動部隊指揮官を更迭《こうてつ》された〝チャールズ・A・パウネル少将〟の祟《たた》りではないのか……？

祟りとはむろん根も葉もないことだが、ミッチャー少将とクラーク大佐がいっぺんに戦死してしまったのだから、リーヴスがそう思うのも無理はなかった。

そして午前四時五分ごろには、ようやく渦がおさまり波紋もすっかり消えたが、こしゃくな日本軍機は両空母が沈没するのをきっちりと確認してから、これ見よがしと「オークランド」の上空を飛び去って行った。

　結局、空母「ヨークタウンⅡ」は午前中の被弾も合わせて全部で爆弾四発と魚雷四本を喰らっており、同じく「レキシントンⅡ」も全部で爆弾三発と魚雷四本を喰らっていた。日本軍機の技量は高く、これだけの命中弾を喰らえば〝沈没もやむなし〟といったところだが、エセックス級空母は艦の脆弱性《ぜいじゃくせい》をまさに露呈してしまった。

　沈没に至る致命傷をあたえたのはいうまでもなく魚雷だが、二五〇キログラム爆弾ならいざ知らず、エセックス級空母は五〇〇キログラム爆弾による急降下爆撃には、およそ耐えられないことがこれで実証された。

　五〇〇キログラム爆弾を二発も喰らうと機関に被害が及ぶことが多々あり、速度が低下したところを雷撃でとどめを刺されたエセックス級空母が続出した。

　これに対し、大鳳型空母は一〇〇〇ポンド爆弾が二発ほど命中してもなお、三〇ノットちかくの速力を維持していた。

　この差は大きく、速力が二〇ノットちかくまで低下すると、魚雷の回避がいよいよ困難になってしまう。航空隊の技量もさることながら、エセックス級空母の沈没には、その点が大きく影響しており、大鳳型と同程度の防御力を有していたとすれば、魚雷の命中は半減、あるいは一本も命中していなかった幸運艦が在ったかも知れず、やはり防御力の差が両者の命運を分け、結果にこれだけ大きな差が生まれたのであった。

　上空から日本軍機が飛び去ると、リーヴス少将は大急ぎで沈没艦乗組員の救助に当たり、救助にもれた者がいないことをもう一度、確かめてから全速力で戦場を後にした。

それが午後五時過ぎのことで、救い出した者のなかにミッチャー少将や、スタンプ、クラーク両艦長の姿は捜せどもやはりなかった。

ミッチャー少将は「レキシントンⅡ」から脱出しようと思えば出来たかもしれない。だが、機動部隊指揮官に就任して早々に取り返しの付かない大敗北を喫してしまい、とてもおめおめと生きて帰る気がしなかった。

火傷をして病《や》んでいたこともあり、ミッチャーは〝ここが年貢の納め時だ！〟と思い定め、潔く敗戦の責任を取ったのである。

4

みなが淡い期待をしていたが、村田重治少佐の天山はやはりもどって来なかった。

第三波の攻撃機は午後四時一〇分ごろから順次艦隊上空へ帰投し始め、「大鳳」以下の空母一三隻は午後四時四〇分にはその収容を完了した。

帰投機の収容を開始した午後四時過ぎの時点で第一、第二機動艦隊は、沈没した米空母「レキシントンⅡ」の後方（西北西）・およそ二四〇海里の洋上まで軍を進めていた。

続いて午後五時ごろには第四波の攻撃機も順次帰投し始め、空母一三隻は、午後五時三五分には攻撃隊の収容をすっかり完了した。

午後六時一分には日没を迎える。もはや太陽はすっかり西へ傾いているが、日本の空母一三隻は日没までに攻撃機の収容をきっちり終えることができた。

午後からの追撃戦で大型の米空母二隻をさらに沈めることのできた意義は大きい。

これで小沢、角田両中将は、二月二九日の戦闘でエセックス級空母五隻とインディペンデンス級軽空母三隻の計八隻を沈めることに成功していたが、およそ手放しでは喜べなかった。

この輝かしい戦果と引き換えに、多くの優秀な搭乗員を喪《うしな》い、帝国海軍随一の雷撃の名手である村田重治少佐を喪ったのだ。

帰投後、海兵同期（五八期）の江草少佐がそのことを小沢中将に報告すると、小沢は黙禱《もくとう》しながらしずかに言った。

「そうか……。大型空母二隻を沈めたのはよほどの戦果だが、村田くんを喪ったのでは割に合わないかもしれんな……」

まったく同感でこくりとうなずき、江草は涙を禁じえなかったが、午後からの攻撃で失った味方攻撃機はじつに一四〇機を超えていた。

紫電をふくめての数字だが、攻撃隊の収容をすっかり完了した二九日・午後五時三〇分過ぎの時点で第一、第二機動艦隊の航空兵力は紫電一八〇機、彗星四八機、天山四八機、二式艦偵一二機の計二八八機となるまでに激減していた。

トラック出撃時には合わせて七七〇機の航空兵力を有していたので、わずか一日の戦闘で四八二機もの艦載機を失ったことになる。

目を蔽《おお》いたくなるほどの損害機数だが、両機動艦隊の後方二〇〇海里付近には、第九艦隊の航空戦艦「伊勢《いせ》」「日向《ひゅうが》」が近づいており、機動部隊は日没後の薄暮が終わるまでに、両艦から五四機の艦載機を補充することができた。

それにより両機動艦隊の航空兵力は紫電二一〇機、彗星六〇機、天山六〇機、二式艦偵一二機の計三四二機となるまでに回復していた。

そして、小沢、角田両機動艦隊に休んでいる暇はなかった。連合艦隊からの要請に応じ、続いてギルバート諸島内の米軍飛行場を急襲することになっていた。

小沢、角田両中将は米軍の眼をごまかすために一旦はトラック方面へ引き返すと見せ掛け、実際に飛鷹型空母二隻と軽空母五隻、それに金剛型戦艦三隻と駆逐艦八隻を本隊から分離してトラックへ先に引き揚げさせた。

これにより第一機動艦隊は大鳳型空母三隻、巡洋艦四隻、駆逐艦八隻の計一五隻となり、第二機動艦隊は雲鶴・翔鶴型空母三隻、巡洋艦三隻、駆逐艦八隻の計一四隻となっていた。

じつは両機動艦隊とも、作戦に参加する艦艇数を大幅に減らし、夜間の〝高速航行を可能にしてやろう〟というのであった。

問題は艦載機のやり繰りだったが、飛鷹型空母と軽空母の搭載機はすべて攻撃隊の収容時に、作戦を続行する大型空母六隻の艦上へ移動させており、「伊勢」「日向」から補充した予備機もそれら大型空母六隻で収容していた。

ちなみに、軽空母三隻に着艦したブラウン基地の零戦一三機はそのまま残され、別動隊（トラック帰投組）の対潜哨戒機として用いられることになった。また、午前中の戦闘で魚雷を喰らっていた、「白鳳」は速力が二五ノットまで低下していたが、「玄鳳」はいまだ二六ノットの速力を発揮することができた。

ギルバートを急襲するための段取りを午後七時前までに完了し、午後七時を期して小沢、角田両中将の機動部隊・本隊はまずは速力二〇ノットで南東へ軍を取って返した。

めざすはむろんギルバート諸島だが、すっかり日が暮れた午後七時の時点で、マキン環礁までの距離はおよそ四二〇海里、タラワ環礁までの距離はおよそ五三〇海里となっていた。

そして午後七時一五分。艦隊が二手に分かれて陣形がととのうと、小沢中将の第一機動艦隊・本隊はそのまま速力二〇ノットでマキン環礁をめざし、角田中将の第二機動艦隊・本隊は進軍速度を一気に二九ノットまで引き上げ、タラワ環礁をめざして進撃し始めた。

赤道に近く波はいたって穏やかだが、とりわけ速力二九ノットで疾走し始めた角田部隊の各艦艇は、かなりの揺れにおそわれた。

大型装甲空母「雲鶴」「翔鶴」「瑞鶴」が白波を蹴立て疾走してゆく。むろん単縦陣だ。第二水雷戦隊の軽巡「能代《のしろ》」が先頭を突っ走った。

各艦は適宜探照灯を照射し、八〇〇メートルの間隔を維持して突進してゆく。

速力二四ノットを超えると、俄然、艦が動揺し始め、さしもの角田中将も旗艦「雲鶴」の艦橋で思わずつぶやいた。

「まるで北方海域を走っているようだな……」

なるほど、駆逐艦の艦首は時折り波間へ隠れるほど沈み込んでいた。

だが、角田自身は幾度となくこのような強行軍を経験していたし、台風銀座で訓練をくり返してきた乗員らもまた、じつに落ち着いた様子であたえられた任務をこなしている。とはいえ、一時も気を抜くことはできなかった。

タラワ環礁のほうが一〇〇海里余りも遠方に在《あ》るが、空母が万全な状態を維持していた第二機動艦隊がより困難な任務を任されたのだった。

それとは対照的に、マキン環礁をめざす第一機動艦隊は悠々と進軍していた。

敵基地までの距離が四二〇海里と近く、いたずらに急ぐ必要はない。

「二〇ノットでも充分、間に合うね？」

小沢中将は念のため、進軍前にそう訊いていたが、第一機動艦隊首席参謀の大前敏一《おおまえとしかず》大佐はきっぱりと言い切った。

「間に合います。このまま速力二〇ノットで走り続ければ、ちょうど九時間後の翌未明・午前四時一五分にマキン環礁の北北西二四〇海里の洋上へ達し、攻撃可能となります」

なるほどそのとおりで、攻撃距離は二四〇海里程度だ。味方艦載機の航続力をもってすれば充分お釣りが来る。自明の理なので、もちろん小沢もすぐにうなずいた。


問題はやはり第二機動艦隊のほうだが、こちらもまた、敵潜水艦などの接触をゆるさず、順調に進軍を続けていた。

そして、進軍開始からおよそ五時間後には日付けが変わり、時計の針が三月一日・午前零時（現地時間）を指した。

「予定どおりです。もうしばらくでタラワの北方三八五海里付近に達します」

角田中将は寝ずに艦橋で立ち続け、航海参謀が時計を確認しつつそう報告すると、これに黙ってうなずいた。

第二機動艦隊はなおも速力二九ノットを維持してタラワ沖をめざしている。片時も気を抜くことができず、いかにも骨の折れる強行軍だが、それからたっぷり四時間以上も走り続けて、ようやくその時が来た。

三月一日・午前四時一五分。第二機動艦隊がタラワ環礁の北方およそ二六五海里の洋上へ達すると、三隻の母艦「雲鶴」「翔鶴」「瑞鶴」は一斉に艦首を風上に立て、攻撃隊を発進させた。

第一波攻撃隊の兵力は、紫電六三機、彗星一八機、天山一八機の計九九機。

周囲はまだ暗い。

暗闇を突いての発進になるが、三隻の母艦からそれぞれ、紫電二一機、彗星、天山六機ずつの計三三機が飛び立ち、午前四時三〇分には、第一波攻撃隊の全機が上空へ舞い上がった。

第一波の〝発進成功!〟を受け、角田中将も大きく〝よし〟とうなずく。三空母の飛行甲板はそれでもなお、探照灯で煌々《こうこう》と照らされ、整備員らが忙しそうに駆けまわり、次なる攻撃隊の準備を急いでいた。

艦隊はその行動を完全に秘匿し続けている。すかさず二の矢を放ち、敵飛行場を使用不能にしてやろうというのだが、はたして、第二波攻撃隊の発進準備も午前五時にはととのった。

その兵力は紫電三六機、彗星一八機、天山一八機の計七二機。

第二波は三空母からそれぞれ、紫電一二機、彗星、天山六機ずつの計二四機が発進してゆく。

日の出時刻は現地時間で午前五時五八分。あと三〇分ほどで空が白み始めてくるが、周囲はなお暗い。第二波もまた、夜間発進となるが、ここは勝負を掛けるしかなかった。

第一波搭乗員は練度が充分だった。だが第二波搭乗員はそれより若干練度が低い。そこで発進間隔をすこし長めに取り、三五秒おきに発進させることにした。

念のため発進間隔を長めにしたが、飛行甲板はむろん明るく照らされており、まったく心配する必要はなかった。

全機が無事上空へ舞い上がり、第二波攻撃隊もまた午前五時一五分には発進を完了した。

それを見送りながら、第二機動艦隊の全艦艇が速力をようやく一八ノットまで落とし、司令部の面々もひとまず息を吐いた。

攻撃の矢はこうして秘密裏《り》に放たれ、だれもが奇襲成功を信じていたが、それまではもし、奇襲に失敗するようなことがあれば〝一大事だ！〟とみなが胸の高鳴りを抑えきれずにいた。

それもそのはず。桁違いの攻撃精神を持つ角田中将は幕僚らの進言を一蹴し、奇襲成功に賭けて手持ちのほぼ全機を攻撃に投入。防空用にわずか六機の紫電しか残していなかった。

5

ギルバート諸島内のタラワ環礁とマキン環礁の基地には、一時は二〇〇機ものアメリカ陸軍機が配備されていた。

しかし、中東部マーシャル基地の日本軍航空隊との戦いで、さしもの米陸軍機も消耗を余儀なくされ、三月はじめの時点でその兵力は実働一二〇機となるまでに低下していた。

マーシャル日本軍基地との距離が四〇〇海里以上も離れており、その多くがＢ17、Ｂ24といった四発爆撃機だったが、マキン環礁には三〇機余りのＰ38戦闘機も配備されていた。

飛行場の規模は先に完成していたタラワ基地のほうが大きい。

　アメリカ軍は昨年一二月中にタラワ環礁内の飛行場を使用可能にし、およそ一ヵ月後れでマキン環礁にも飛行場を完成させていた。そして一月下旬にはもう、タラワの飛行場はかなり拡張されており、アメリカ陸軍航空隊はタラワ基地を中心にして兵力を拡大、四発の重爆撃機などもその多くがタラワ環礁内の航空基地に配備されていたのであった。

　くり返しになるが、攻略目標としていたマーシャルの日本軍基地とは、距離が四〇〇海里以上も離れており、海軍の海兵隊機を配備してもあまり意味がなかった。

　三月一日の時点で実働機はおよそ一二〇機となっていたが、そのうちの、およそ四〇機がマキン基地に配備されており、残る八〇機ほどがタラワ基地に配備されていた。

　洋上決戦で第五八機動部隊が予定どおり勝利をおさめれば、この日もギルバートの米陸軍航空隊は、味方艦載機の攻撃と呼応して、マーシャルを空襲するつもりでいた。

　ところが、第五八機動部隊が決戦に敗れてあえなく潰走《かいそう》してしまい、この日のマーシャル攻撃はにわかに中止となって、タラワの航空隊司令部にも〝攻撃中止！〟が伝えられた。

　肝心の「フリントロック作戦」自体が頓挫したのだから攻撃中止はやむをえないが、つい数時間前までは両基地とも出撃準備を進め、マーシャルを〝攻撃してやろう！〟と手ぐすね引いて待っていたのだ。そのため、タラワ基地でもマキン基地でも、滑走路やエプロン地帯に爆撃機や戦闘機を整然と並べ、一部の機はガソリンや銃弾の補充も終えて待機していたのだった。

ただし、爆弾を装備したものは、いまだ一機もなかった。

それはよかったが、激戦を制した日本軍機動部隊が、まさか洋上決戦の翌朝に〝いきなり攻撃を仕掛けて来る!〟と予想していた者は、米陸軍にはまずいなかった。

日本の空母もまた、昨日の決戦で相当に多くの艦載機を消耗し、空母自体にも少なからず被害が出ていると思われた。そのためタラワのアメリカ陸軍航空隊司令部は、日本軍機動部隊は〝一度はトラックへ引き揚げるだろう〟と考えて、あきらかに油断していたのだった。

なるほど、一旦はトラックへ引き揚げるのが常識にちがいなく、現に、機動部隊をあずかる小沢中将は、四八〇機以上もの艦載機を消耗して、もはや〝退き時だ……〟と考えていた。

さらに米艦隊を追撃しても、夜間に逃げ切りを図られ、米空母をこれ以上、沈められる可能性はまったくなかった。激戦を戦い抜き大量の艦載機を消耗した機動部隊司令部に、ついでに〝敵基地を攻撃してから帰投しよう〟と考えるような者は一人としておらず、連合艦隊から発破を掛けられてようやく重い腰を上げ、ギルバート攻撃に乗り出したというのが実情だった。

洋上作戦中の大鳳司令部は、ギルバート攻撃にまったく乗り気でなかったが、それを最初に言い出したのはほかでもない、連合艦隊航空甲参謀の樋端久利雄《といばなくりお》中佐であった。

「鬼（米軍機動部隊）の居ぬ間に洗濯です。両機動艦隊に命じてこのままギルバートの敵飛行場を攻撃させましょう」

樋端はぼそりとつぶやくように進言したが、これには連合艦隊参謀長の山口多聞《たもん》中将もさすがに首をかしげた。

「……敵機動部隊の追撃を命じた上に、さらに基地まで攻撃させるのか？　それはいくらなんでも酷《こく》だろう」

するとと、樋端はさらりと言ってのけた。

「たしかに酷です。引き揚げを命じてやりたいのは私も同じですが、参謀長でさえ基地攻撃は酷だと考えておられるのですから、ギルバートの米軍は十中八九、油断しているはずです」

言われてみれば、なるほどそのとおりにちがいなかった。

ギルバートの敵飛行場をこのまま野放しにしておくと、将来のハワイ攻略作戦時に大きな禍根《かこん》を残しかねない。

いうまでもなくハワイ攻略は、マーシャルを策源地とせざるをえない。ところが、ギルバートの敵飛行場からマーシャルを定期的にいじめられてしまうと、連合艦隊はハワイ作戦時にマーシャルの環礁基地を満足に使うことができず、艦隊や上陸船団が〝ろくに集結できない！〟という事態におちいらないともかぎらなかった。

そして、敵が今、油断しているとすれば、この機に乗じてギルバートを空襲し、禍根となりかねない敵飛行場を、今のうちに叩きつぶしておくに越したことはないのであった。

「……なるほど。きみの考えていることはよくわかったが、しかしそれにしても、機動部隊にこれ以上、航空隊の消耗を強いると、それこそ肝心のハワイ作戦時に、わが母艦航空隊は兵力の枯渇《こかつ》をまねいてしまうのではないか？」

今回の空母決戦では、村田少佐をはじめとする優秀な掛け替えのない搭乗員を数多く喪っていただけに、山口が「これ以上の消耗は避けるべきではないか……」と懸念するのも、いたって当然のことだった。

山口の言うとおりで、樋端もこれ以上の消耗をむろん望んではいなかったが、この男には確信めいた、ある〝ひらめき〟があった。

「参謀長がギルバート攻撃は〝無理強いだ！〟と考えておられるぐらいですから、米軍はすっかり油断している可能性が高く、私は一〇〇パーセントにちかい確率で奇襲が成り立つと思います。……奇襲でゆけるとすれば、航空隊の損害は大きく減らせるでしょう」

なるほど、奇襲が成功すれば、航空隊の被害は大幅に減少するのにちがいなかった。

そのことは緒戦の「真珠湾攻撃」で証明されている。いうまでもなくオアフ島は米陸軍機の一大淵叢でいまもそうにちがいないが、そこへ南雲《なぐも》機動部隊はおよそ三五〇機で奇襲を仕掛け、わずか二九機しか失わなかった。むろん奇襲が成功したおかげだが、損耗率は一割に満たず、作戦は稀《まれ》にみる成功をおさめた。

ギルバート諸島の米軍飛行場やその航空兵力はオアフ島に比べてあきらかに規模が小さく、二隻の航空戦艦から機材の補充を受ければ、味方機動部隊は今回も三五〇機ちかくの航空兵力を作戦に投入できる。そして樋端が言うように奇襲が成り立つとすれば、その損害機数はおそらく三〇機を超えるようなことはないだろう。

損害がその程度で済むなら、ぜひともギルバートの敵飛行場をここで叩いておくべきだった。

ギルバートに機動空襲作戦を〝実施すべきか否か……〟は、ひとえに奇襲が成功するかどうかに掛っていた。

「たしかに敵は油断している可能性が高いと思うが、はたして本当に、奇襲できるかね？」

山口はそう問いただしたが、いくら樋端でも奇襲が〝必ず成功する〟とは断言できなかった。奇襲が成功するという保証など、当然どこにもないが、樋端はねばり強く説いた。

「おっしゃるように奇襲が大前提です。そこで実際に攻撃を仕掛けるかどうかの判断は小沢長官に一任し、万一、奇襲は〝不可能だ〟と小沢さんが判断した場合には、ただちに作戦を中止して軍を退いてもらいます。……要するに真珠湾攻撃と同じやり方ですが、小沢さんならきっと成し遂げてくれるのではないでしょうか？」

逆に樋端からそう訊かれると、これには山口も賛成するしかなかった。いや、小沢中将ならこのむつかしい舵取りを、きっと成し遂げてくれるにちがいなく、山口はむしろ進んで〝ギルバートを攻撃すべきだ！〟と思い、立ち上がった。

そして、立ち上がったその足で「武蔵」の長官室へ向かい、山口が許可をもとめると、山本長官も即座にうなずいて、いよいよ作戦が動き始めたのだった。

はたして、ギルバート米軍基地に対する攻撃は見事、奇襲となって成功した。

小沢・第一機動艦隊は、第二機動艦隊が第一波攻撃隊を発進させた五分後の午前四時二〇分を期して第一波攻撃隊を放ち、その四五分後にもマキン環礁へ向けて第二波攻撃隊を出していた。

そして、第一機動艦隊の第一波は午前五時五五分にマキン上空へ達して空襲を開始し、第二機動艦隊の第一波は、午前五時五八分にタラワ上空へ達して空襲を開始した。

両基地では、空襲を受けるその一〇分ほど前にレーダーが日本軍攻撃隊の接近をとらえ、大あわてで迎撃態勢を執ろうとしたが、まるで間に合わなかった。

緊急発進に耐え得る単発戦闘機は数えるほどしかなく、配備機の多くが双発のP38戦闘機か、もしくは四発の重爆撃機だった。両基地の任務はあくまでマーシャル攻撃とされていたので、P38やB17、B24などの爆撃機が優先的に滑走路へ並べられていた。格納庫やエプロン地帯の端からP40戦闘機を引き出して発進させるには、わずか一〇分では到底時間が足りなかった。

加えて、マーシャル攻撃が急遽中止となったため、搭乗員の多くが起床したばかりで、いまだ朝食すら済ませていなかった。

それでもマキン基地から二機のP38が飛び立ったが、第一機動艦隊の第一波にも五四機の紫電が護衛に付いており、わずか二機のP38ではまったく焼け石に水だった。

一機のP38は上昇し切るまえに撃墜され、残る一機もたちまち致命傷をこうむり、マキン近海洋上へ不時着水して、日本軍機を一機も撃ち落とすことができなかった。

また、タラワ基地に配備されていたP40戦闘機はまったく身動きが取れず、ギルバート米陸軍航空隊は、格納庫などで修理中だった爆撃機や戦闘機もふくめて、一挙に一五〇機以上を撃破されたのである。

日本軍機の猛攻はたっぷり一時間二〇分以上にわたって続き、結局、タラワ基地には紫電もふくめて計一七一機の攻撃機が襲い掛かり、マキン基地には同じく計一四七機の攻撃機が襲い掛かっていた。

彗星や天山の機数が少なく、紫電のうちの約三分の一が二五〇キログラム陸用爆弾を搭載して出撃していたが、二〇ミリ弾を四八〇発も携行する紫電は、地上攻撃においても大いに役立つことがこれで証明された。

空の要塞とうたわれたB17爆撃機も、身動きの取れない状態で一箇所に二〇ミリ弾の連射を喰らうと、とても耐えきれず、ことごとく粉砕されていった。

飛行場からもうもうと黒煙が昇り、滑走路は穴だらけとなっている。

日本軍機がすべて飛び去ったあと、飛行に耐え得る機体は、タラワ、マキン両基地を合わせてもわずか六機でしかなかった。

ほとんど壊滅的な損害を受けて、ギルバート米陸軍航空隊はこのあと、体制を立てなおすために一旦、軍を後方へ下げざるをえず、さらに五〇〇海里ほど南南東に位置するエリス諸島へ司令部を後退させた。

むろん米軍はギルバート諸島内の環礁基地にも守備隊を残していたが、これでマーシャル諸島に対する空襲は一気に止み、連合艦隊はクェゼリン以下の飛行場へ、再び航空兵力を配備するための貴重な時間を得た。

そして連合艦隊は、これまでは手つかずとなっていたメジュロ環礁にも守備隊を置き、あわせて対空見張り用レーダーも設置した。

メジュロ環礁からマキン環礁までは二五〇海里ほどしか離れておらず、マーシャル方面へ来襲しつつある米軍機を、新設のレーダーでいちはやく探知してやろうというのであった。

こうして第一、第二機動艦隊による「ギルバート奇襲作戦」は見事に成功したが、樋端航空参謀の読みはやはり的中し、両艦隊の失った攻撃機はわずか一五機にとどまったのである。

それら損害機はすべて、敵の対空砲火によって撃ち落されていた。

第二章　新型艦戦／紫電改

1

　待望の二〇〇〇馬力級エンジン「誉《ほまれ》二一型」が量産にこぎ着けたのは、昭和一九年一月二一日のことだった。

　これまで紫電が搭載していた「誉一二型」発動機は最大で一八〇〇馬力の出力しか発揮できなかったが、出力が約一一パーセント向上し、これで紫電をさらに高速化できる。

　早速エンジンを換装し、川西航空機が飛行テストを実施してみたところ、「誉二一型」を装備した新型「紫電」の試作機はほぼ計算どおり、速力が約五・五パーセント向上、高度六〇〇〇メートルにおいて三四三ノット（時速・約六三五キロメートル）の最大速度を記録した。

　――よーし！　新型グラマン（Ｆ６Ｆ）の速力をこれで確実に上まわれる！

　報告を受けそう確信した海軍は、川西に対して紫電の改良をもとめ、より戦の実情に即した新型艦戦を早急に開発するよう命じた。

　二月末に生起した「マーシャル沖海戦」で、紫電はグラマンＦ６Ｆと〝対等に戦える！〟ということを証明してみせたが、決して完成された機ではなく、海軍の搭乗員から改良すべきいくつかの問題点を指摘されていた。

一、前下方の視界が不良なこと。
一、わずかながらも速力でＦ６Ｆに劣ること。
一、自動空戦フラップが使いづらいこと。
一、防弾装備がなお不充分であること。

箇条書きにすると以上、四つの点が指摘されており、「誉二一型」エンジンへの換装を機に、川西はこれら問題点の解消に努めつつ、紫電の性能向上を図ることになった。

第一の視界不良については、同機は七・七ミリ機銃を装備するスペースとして原型機「強風」の機体形状をそのまま受け継いでおり、「紫電」となって七・七ミリが廃止されてからも機首の形状が大きくは変更されず、原型機の機銃口が残されたままとなっていた。

再改造となる「誉二一型」搭載の紫電は、最初から二〇ミリ機銃四挺を装備する方針となっていたので、機首のこの部分を削って、よりほっそりとした機体形状に改め、前下方の視界改善が図られることになった。

また、従来の紫電は離陸の際に機体が左へ傾くクセがあり、風洞実験の結果、ねじれながら吹きおろすプロペラ後流が、ちょうど尾部のあたりで左側から吹きつけるのが、その原因になっているということが判明した。

そこで機体形状の変更だけでなく、胴体そのものも三四〇ミリほど延長して垂直尾翼を後ろへ下げ、方向舵を胴体下面までいっぱいに使えるようにした。この改造によって左旋回のクセも同時に修正され、射撃時の方向安定性も高めることができたのであった。

宿敵・グラマンＦ６Ｆよりも若干〝劣る〟とされた速力については、二〇〇〇馬力エンジンへの換装によっておのずと増大する。

問題は「自動空戦フラップ」だが、水銀柱をＧの検知器に使った新技術の採用や、水銀容器を金属からプラスチックへ変更するなどの工夫によって不具合が徐々に解消されてゆき、改良型の紫電は、空戦フラップの信頼性が格段に向上して、およそ零戦に匹敵するほどの空戦能力を発揮できるようになった。

加えて、主翼や胴体内の燃料タンクには、今回すべて防弾ゴムと金属網が張られ、炭酸ガス噴射式の自動消火装置も装備して、防御面においても大幅な改善をみた。

さらには、海軍航空技術廠（空技廠）兵器部の努力により、円筒型弾倉にかわる二〇ミリ機銃用のベルト給弾方式も実用化され、これで二〇ミリ機銃を主翼内へ四挺とも装備できるようになっていた。

そして、幾度かの飛行テストの結果、海軍テスト・パイロットの志賀《しが》淑雄《よしお》少佐は、紫電の欠点がすっかり克服されて「生まれ変わった！」と太鼓判を押し、海軍航空本部は〝改造の効果顕著なり！〟と判定して、川西に対して四月四日に全力生産を命じたのである。

新型艦上戦闘機「紫電改」／乗員一名
・搭載エンジン／中島・誉二一型
・離昇出力／二〇〇〇馬力
・全長／九・四二メートル
・全幅／一一・九九メートル
主翼折りたたみ時／六・〇メートル

・最大速度／三四〇ノット
／時速・約六三〇キロメートル
・巡航速度／二〇〇ノット
・航続距離／九六〇海里（増槽なし）
／一二八〇海里（増槽あり）
・武装／二〇ミリ機銃×二（二〇〇発×二）
／二〇ミリ機銃×二（二五〇発×二）
・兵装／五〇〇キログラム爆弾一発
※昭和一九年四月より量産開始。

最終試作機は高度六〇〇〇メートルで三四〇ノットの最大速度を記録、上昇性能や航続距離も向上しており、自動空戦フラップの動作もいたって良好だった。なにより全部で九〇〇発を携行する二〇ミリ機銃弾の威力は絶大で、弾丸の命中率もめざましく向上していた。

大いに満足した海軍航空本部は、本機の名称を特別に「紫電改」と改め、五月には早くも制式採用に踏み切ったが、紫電改の長所はそれだけではなかった。

原型機から数度の改修をかさねて造られていた従来の紫電は、エンジンやプロペラ、ボルト、ナット、リベットなどを除くと、部品の点数が六万六〇〇〇点にも達していた。

開発を急いだことが災いしたといえるが、本機の開発を主導した菊原静男《きくはらしずお》技師はエンジンの換装を機に、構造をより簡素化して部品の数を大きく減らすことに成功。紫電改では部品の点数が四万三〇〇〇点にまで減少し、川西は同機の生産性を大いに高めていた。そしてこの点を高く評価した海軍は、紫電改を零戦の後継機と認め〝次期主力戦闘機とする！〟との決定を下した。

紫電改の制式化を見越した海軍は、昭和一九年三月、三菱に対して「雷電《らいでん》」と「烈風《れっぷう》」の生産中止を通達し、「紫電改」の生産（史実では本土空襲により三菱での生産は取り止めとなる）を命じたのである。

これは、老舗の三菱にとっては屈辱的な決定にちがいなかったが、紫電改の量産、配備が国家の存亡にかかわるため、三菱も甘んじてこの決定を受け容れざるをえなかった。

2

めざすはハワイと決まっていた。ハワイ決戦をふまえての新型艦戦・紫電改だが、それだけではコマが足りない。先の空母決戦では味方攻撃機の脆弱性《ぜいじゃくせい》がはしなくも証明された。

ハワイをなんとしても占領しなければならないが、米軍の強力な抵抗が予想され、作戦中に〝ほとんどの搭乗員を失った！〟となれば、その後の戦争遂行はまったく不可能になる。

ハワイ占領後も機動部隊の戦力を維持し続けるために、彗星や天山の防御力をぜひとも強化しておくべきだが、事はそう簡単ではない。艦載機に重防御を施すと機体が重くなり、速度低下をまねいて敵戦闘機の追撃をゆるし、これまた生存性を危うくしてしまう。

とくに二六〇ノット（時速・約四八一・五キロメートル）の速力しか発揮できない天山は、グラマンＦ６Ｆにあっさり喰い付かれ、カモにされやすい。同機の速度低下は最小限におさえる必要があり、重防御を施すのはほとんど不可能にちがいなかった。

しかし、防御力がいまのままでは生存率があまりにも低すぎる。そこで大幅な機体の改修はあきらめ、紫電改と同様に、すべての燃料タンクに防弾ゴムと金属網を張り、およそ燃えにくい機体にすることで、すこしでも生存率を高めることにした。ちなみに、炭酸ガス噴射式の自動消火装置は天山もすでに装備していた。

そもそも天山は中島「護《まもり》」エンジンの搭載を予定していたが、燃料タンクの改修を機に、搭載エンジンをすべて三菱「火星」エンジンに換装して統一し、「護」の生産を中止して中島には「誉」の生産に集中させることにした。

艦上攻撃機「天山二二型」／乗員三名

・搭載エンジン／三菱・火星二五型
・離昇出力／一八五〇馬力
・全長／一〇・八六五メートル
・全幅／一四・八九四メートル
　主翼折りたたみ時／七・二メートル
・最大速度／二五七ノット
　　　／時速・約四七六キロメートル
・巡航速度／一八〇ノット
・航続距離／一一四〇海里（雷装時）
・兵装①／九一式航空魚雷一本
　　②／二五〇キログラム爆弾二発
　　③／八〇〇キログラム爆弾一発
・武装①／一三ミリ機銃×一（後上方）
　　②／七・九二ミリ機銃×一（後下方）

※昭和一九年五月より量産開始。

燃料タンクの防弾化を図った「天山二二型」の最大速度は三ノットほど低下した。

重量がすこし増えたためだが、一八〇ノットの巡航速度は維持しており、航続距離もさほど低下せず、天山二二型は依然として三五〇海里以上の攻撃半径を有していた。

いっぽう彗星は速度が速く、防御力を強化するための余地が残されていた。

彗星はいうまでもなく液冷エンジンを搭載しているが、液冷エンジンに不慣れな日本では整備がむつかしく、発動機自体の生産性も低かった。エンジンの製造が機体の製造に追いつかず、完成がどうしても遅れ気味になる。この状況を打開するために、エンジンを〝空冷式に改めよう〟という案が浮上して、昭和一八年一二月に三菱の「金星六二型」エンジンに換装した「彗星三三型」の生産を始めていたが、これが思いのほか功を奏して同機の生産性向上につながっていた。

空冷エンジンに換装した彗星三三型は高度六〇〇〇メートルで三一〇ノット（時速・約五七四キロメートル）の最大速度を発揮。天山よりよほど優速なため、先の「マーシャル沖海戦」での戦訓により、同機の防御力を強化して生存性を高めたのが、この五月に量産化された「彗星四三型」であった。

艦上爆撃機「彗星四三型」／乗員二名
・搭載エンジン／三菱・金星六二型
・離昇出力／一五六〇馬力
・全長／一〇・二二メートル
・全幅／一一・五〇メートル
　主翼折りたたみ時／八・〇メートル
・最大速度／二九八ノット
　　／時速・約五五二キロメートル

・巡航速度／二二五ノット
・航続距離／一〇五〇海里（兵装①の時）
・兵装①／五〇〇キログラム爆弾一発
②／二五〇キログラム爆弾三発
（爆弾倉×一発、翼下二発）
・武装①／七・七ミリ機銃×二（機首）
②／一三ミリ機銃×一（後上方）
※昭和一九年五月より量産開始。

天山と同様に燃料タンクの防弾化を図り、さらに主翼付け根の胴体まわりと主翼自体を強化した結果、「彗星四三型」の最大速度は一二ノットほど低下した。

また、重量増により巡航速度も五ノット低下したが、攻撃半径は五〇〇キログラム爆弾搭載時で三五〇海里を維持することができた。

機体の強化により「彗星四三型」の最大速度はメートル法に換算して時速二二キロメートルほど低下してしまったが、速力を犠牲にして四三型が改めて手に入れたものは、じつは防御力だけではなかった。

これまで彗星には折りたたみ翼が採用されていなかったが、主翼の強化によってそれがはじめて可能となり、主翼を折りたたんだ状態での全幅を彗星四三型の場合、八メートルに縮小することができた。艦上爆撃機は重い爆弾を抱いて急降下を実施するため、主翼の根元近くから折りたたむのは技術的に不可能だが、それでも従来の彗星と比べて一機当たりの駐機スペースを三・五メートルほど減らすことができ、四三型を母艦へ配備することで、大型空母の場合は、九機ほど搭載機数を増やせるようになる。

たとえば大鳳型空母の場合、これまでは六九機の搭載機数で甘んじていたが、それを七八機まで増やすことができる。

また、翔鶴型空母だと八四機を搭載できるようになり、現在、長崎三菱造船所で建造中の重装甲空母「信濃《しなの》」だと、九九機で予定していた搭載機数を〝一〇八機まで増やせる〟との試算がすでに出されていた。

この意味はいかにも大きく、仮に九隻の大型空母が在《あ》るとすれば、彗星四三型の配備によって全体の機数が八一機（九機×九隻）も増えることになり、これは大鳳型空母一隻分以上の航空兵力に相当するのであった。

大和型三番艦を改造した重装甲空母「信濃」は昭和一九年八月に完成する予定だ。

いや、それだけではない。

そのころには改大鳳型の重装甲空母三隻も竣工しており、機動部隊の艦隊用空母はすべて「紫電改」「彗星四三型」「天山二二型」の三機種を搭載して、この秋にはいよいよハワイ攻略作戦に乗り出すことになる。

幸いにして、宿敵・米軍機動部隊は現在、壊滅状態にあり、作戦不能となっている。そのことは確実であり、第一、第二機動艦隊の全空母が一旦内地へ引き揚げて、先の海戦で損傷した重装甲空母「大鳳」「白鳳」「玄鳳」の三隻と装甲空母「飛鷹」は今、内地の各海軍工廠でしっかりと修理を受けていた。

最も大きな被害を受けた「白鳳」の修理には三ヵ月を要すると報告されたが、全空母が三月一五日には内地へ帰投しており、四空母とも六月中旬には修理を完了する予定となっていた。

いっぽう連合艦隊は、航空隊の再建も同時に急いでおり、第二航空艦隊司令長官となって、ブラウン基地へ進出していた戸塚道太郎《とづかみちたろう》中将に代わって、内地では今、海兵四〇期卒業の吉良俊一《きらしゅんいち》中将が「練習連合航空総隊」の司令官となって、新規搭乗員の訓練、育成に当たっていた。

そもそも内地では次期決戦に備えて、最終的には一〇〇〇機の航空兵力をそろえる計画となっていた。しかも先の「マーシャル沖海戦」時に内地からブラウン基地へ進出した航空兵力は一五〇機程度でしかなかったため、航空隊の訓練も着々と進みつつある。おもに基地航空隊用の補充要員を育成していたが、先の海戦では予想に反して大量の母艦搭乗員を亡くしてしまった。そこで適性を見極めた上で発着艦訓練を実施し、内地の練習航空隊から母艦搭乗員も補充することにした。

そしてそこへ、生還したベテランの母艦搭乗員も加わり、五月以降は紫電改、六月以降は新型の彗星、天山を乗りこなすための訓練も同時に実施して、吉良中将は、七月中旬にはいよいよハワイ作戦を見すえた訓練を本格的に実施しようとしていたのである。

ハワイ作戦の準備は着々と進みつつある。

「気掛かりなのはマーシャルの防衛だな……」

山本五十六《いそろく》大将は四月にも山口中将に向かってそうつぶやいていたが、やはり「ギルバート奇襲作戦」は効果があったのにちがいなく、五月になっても米陸海軍が本格的な反攻に乗り出して来るようなことはなかった。

そして五月に入ると、紫電改が機動部隊の主力空母へ配備され始めた。

　これで従来の紫電はお役御免となり、機動部隊から〝払い下げ〟となった紫電がマーシャル中東部の航空基地へ配備されてゆくと、山本もそれでひとまず安堵した。

　二〇ミリ弾を多数携行する紫電は、弾丸を撃ち惜しみする必要がほとんどない。

　米軍爆撃機は総じて防御力が強いため、ギルバート方面から航空攻勢を仕掛けられると、これを完全に排除するのはむつかしい。二〇ミリの携行弾数がもの足りない零戦では心もとないが、マーシャル防衛用の戦闘機が紫電に取って代わるようになると、ようやく山本も安堵の表情を浮かべたのだった。

第三章　米機動部隊の再建

1

　エセックス級空母では対日戦の勝利を望めないのはもはやあきらかだった。

　太平洋艦隊司令長官のチェスター・W・ニミッツ大将も、マーシャル近海で決戦を挑めば〝空母を一、二隻は失うかもしれない……〟と覚悟していたが、いっぺんに五隻ものエセックス級空母を失ったのだ。

　それだけではない。同時にインディペンデンス級軽空母三隻も失っており、第五八機動部隊でパールハーバーへ生還したのは、大型空母二隻「ワスプII」「ホーネットII」と軽空母四隻の計六隻でしかなかった。

　一隻や二隻どころか八隻もの艦隊用空母を一挙に失い、エセックス級空母の防御力不足が白日の下にさらされた。

　――な、なんたることだ！　軽空母は仕方ないとしても、大型のエセックス級空母が五隻も沈められてしまうとは、まったく信じられん……。

　原因ははっきりしていた。日本軍の急降下爆撃機はこれまで二五〇キログラム爆弾しか投下して来なかったが、今回は新型の日本軍・急降下爆撃機が戦場に現れ、そのすべてが五〇〇キログラム爆弾を投下して来たのだ。

エセックス級空母は、五〇〇キログラム爆弾の急降下爆撃に耐え得る防御力を備えておらず、当然の報いとして、多くの艦が致命的な損害をこうむった。

　爆撃で速力が低下したところを雷撃でとどめを刺され、五隻を沈められただけでなく、生還した空母「ホーネットⅡ」も大破して、修理に三ヵ月を要する損害をこうむっていた。

「パールハーバーへこうして帰投して来たこと自体が奇跡的です！　一旦、西海岸の基地へもどして修理する必要があり、『ホーネットⅡ』が戦線へ復帰するのは七月のことになります」

「なにっ!?　それじゃ機動部隊はほとんど作戦できないじゃないかっ！」

　ニミッツは思わず嘆いたが、これればかりはどうすることもできなかった。

　さしものニミッツも味方機動部隊がこれほど手痛い損害をこうむるとは考えもしなかったが、大敗北を喫した、決して見逃せない〝重大原因〟がもうひとつある。

　日本軍主力空母のほとんどが飛行甲板に装甲を持っており、味方攻撃隊がきっちりと一〇〇〇ポンド爆弾を命中させたにもかかわらず、敵空母の多くが戦闘力を失わず、その後も作戦を続行してきたとみられる。

　破壊力の大きい一〇〇〇ポンド爆弾を首尾よく命中させたのだから、被弾した敵空母が戦闘力を失っていたとすれば、戦いはおよそ五分の〝痛み分け〟となり、沈没したエセックス級空母五隻のうちの二、三隻は、マーシャル近海からの離脱に成功し、おそらくパールハーバーへ生還していたのにちがいなかった。

ところが、被弾した敵空母の大多数がその後も戦闘力を維持していたとみられ、味方機動部隊に息も継がせず第二次攻撃を仕掛けてきたのだからたまらない。応急修理が完了せぬ間にエセックス級空母の多くが再攻撃を受けてしまい、いよいよ致命傷をこうむって、結局、五隻もの大型空母を失ったのだった。

——そ、装甲空母。恐るべし……。

ニミッツが頭を抱えるのも無理はなかった。

大型空母の建造はいうまでもなく一朝一夕にはいかない。量産性に優れているとはいえ、エセックス級空母でも起工から竣工までおおむね二年の歳月は掛かってしまう。それでもエセックス級の喪失が二隻までならニミッツも許容することができた。一月三一日には同級・八隻目の空母「フランクリン」が竣工していた。

次いで四月中旬にも九隻目の「ハンコック」が竣工する予定となっており、一隻の喪失で済めば御の字、二隻を失ってもかろうじて〝作戦を継続できるだろう……〟とニミッツはみていたが、五隻も失った挙げ句に、「ホーネットII」まで大破してしまったのだからまるで補充が効かず、作戦を継続するのは到底不可能になっていた。

「エセックス級は生産性が高く搭載機数も頭抜けて多いので、時間を掛けて下手に装甲空母を造るより、よほど効率的です！」

海軍省・軍需局の担当者は口をそろえるようにしてニミッツにそう言い、エセックス級空母の建造計画に太鼓判を押していた。そして、ニミッツ自身もついこのあいだまでは〝質より量だ！〟と思い、これを信用していたが、五隻も失ったのでは考えをあらためざるをえなかった。

――だっ、ダメだ……。エセックス級空母では日本軍に到底、勝てない！　わが海軍も早急に装甲空母を建造する必要がある！

そう思いなおし、現実に目を瞑《つむ》らないところが稀代の名将たるゆえんだが、そんなニミッツとはちがって、早くから装甲空母の必要性を海軍に説いていた変わり者が、アメリカ合衆国にもたった一人だけいた。

それはほかでもない、アメリカ陸海軍を統率する最高指揮官のフランクリン・D・ルーズベルト大統領自身であった。

周知のとおり、ルーズベルト大統領は一九四二年八月には装甲空母の建造を海軍に対して要求していたが、エセックス級空母の建造に自信を持つ海軍当局は、大統領の要求にもかかわらず、いっこうに乗り気でなかった。

ところが、その年の一〇月に生起した「東部ソロモン海戦」でアメリカ軍機動部隊が〝主力空母三隻を失う〟という大敗を喫してしまい、海軍当局もそれでようやく「ＣＶ41（ミッドウェイ）」と「ＣＶ42（コーラル・シー）」の二隻を〝装甲空母として建造する〟とし、渋々ながらも当初の計画を改めた。

じつは、大統領から出された要求は〝四隻の建造〟だったので、海軍当局はなおもエセックス級空母の建造に固執して、装甲空母の建造を二隻に減らしていたのだが、このたびの「マーシャル沖海戦」でエセックス級空母の防御力不足がいよいよ露呈してしまい、今回ばかりは海軍当局もその非をすなおに認めざるをえなかった。

なにより対日戦の現場をあずかるニミッツ大将が、装甲空母の必要性を強く認めたのだ。

いや、認めたどころかニミッツが一転してその必要性を力説し始めたので、これには海軍当局も抗しきれなかった。

「空母ばかりか、艦長二名とミッチャー提督まで喪《うしな》ったのですぞっ！　それをなんとお考えですかっ!?　しかも、日本軍・艦上爆撃機が五〇〇キログラム爆弾を新たに使い始めたのですから、わが空母の防御力不足は火を見るよりあきらかで、ミッチャーの所為ばかりにはできません！」

「装甲空母が必要です！　エセックス級空母ではもはや戦えません！」

もはや〝戦えません！〟とは聞き捨てならないが、大統領やキング作戦部長を前にしてニミッツがそう言及、クビを覚悟した上で言い切ると、海軍長官のノックスも慌てて、装甲空母の必要性を認めるしかなかった。

「わ、わかった。装甲空母の建造を最優先でおこなうよう、方針を徹底する！」

むろんルーズベルト大統領が装甲空母の建造をだれよりも望んでおり、そのことをよく知るノックスもそう答えざるをえなかったのだが、これで後ればせながらアメリカ海軍も装甲空母の建造へ本格的に舵を切った。

話し合いがおこなわれたのは三月二一日のことで、このとき「CV41」と「CV42」の二隻はすでに起工されていたが、これまではエセックス級空母の建造を優先していたので、両空母の建造は遅々として進んでいなかった。

ちなみに「CV41」は「東部ソロモン海戦」で大敗を喫してまもなく一九四二年一二月二〇日に起工されていたが、「CV42」が起工されたのは一九四三年三月一五日のことだった。

大統領たっての要求ということで一番艦は稀《まれ》にみる早さで設計を終わらせて着工にこぎ着けていたが、それで大統領の目先をかわせると思ったのか、そもそも装甲空母の建造に乗り気でなかった当局は、ようやく三ヵ月ほどしてから、二番艦の建造に取り掛かっていたのだった。

それについてルーズベルトもとくに文句は言わなかったが、エセックス級空母の建造でさえ二年ほどの工期を必要とするのだから、装甲空母の建造には、それよりもっと多くの時間が掛かるのにちがいなかった。

——最低でも二年半、いや、これまではエセックス級の建造に全力を注いでいたのだから、いくら急いでも三年は掛かるだろう……。

ルーズベルトやニミッツも例外なくそう考えるしかなかった。

話し合いがおこなわれた一九四四年三月二一日の時点で、「CV41」と「CV42」はいまだ進水すらしていなかったが、「マーシャル沖海戦」の大敗北によって、大統領が主張してきたことの正しさがまざまざと証明され、アメリカ海軍はその直後から堰《せき》を切ったようにして装甲空母の建造を決めてゆく。

三月中にCV41（ミッドウェイ）級装甲空母を追加で〝三隻建造する！〟とまず決定し、それでも装甲空母が足りないとみたアメリカ海軍は、恥も外聞もかなぐり捨て、宿敵・日本海軍の模倣に打って出た。

驚くべきことにアイオワ級戦艦の三番艦「ミズーリ」を、急遽〝装甲空母に改造する！〟と決定したのだ。一月二九日に進水を終えていた同艦はすでに「ミズーリ」と命名されていた。

いや、「ミズーリ」だけでなく、同じく四番艦の戦艦「ウィスコンシン」についても装甲空母への改造が検討されたが、じつは四番艦「ウィスコンシン」のほうが三番艦よりひと足早く一九四三年一二月七日に進水式を終えていた。

そのため「ウィスコンシン」は、三月中旬の時点で戦艦としての工事がかなり進捗し、四月中に竣工する見込みとなっていたので、これにはさすがに、作戦部長のアーネスト・J・キング大将が待ったを掛けた。

「あと一ヵ月ほどで戦艦として完成するのに、それをいまさら、装甲空母へ改造するなど、断じて認められん!」

かたや三番艦の「ミズーリ」は、最短でも六月にしか竣工しないため、こちらの改造はキングもしぶしぶ認めたのだった。

さらに、改造取り止めとなった「ウィスコンシン」に代わって五、六番艦の装甲空母への改造も決まったが、それらアイオワ級戦艦二隻は開戦後に空母の建造を優先したため工事をすっかり中断しており、船台に竜骨《りゅうこつ》を据えただけで放置されたような状態となっていた。

2

日本が大和型戦艦を装甲空母へ改造したように米国もまたアイオワ級戦艦を装甲空母へ改造したのだから、アメリカ海軍は〝猿真似〟のまたその真似をしたことになる。米海軍は日本の真似をするほど装甲空母を欲していたのだ。

米海軍が建造もしくは改造を決めた装甲空母はこれで合計八隻となった。

ミッドウェイ（CV41）級が五隻、アイオワ級戦艦改造の装甲空母が三隻である。

　四月五日にはこの方針を決定したが、装甲空母の建造にはおよそ時間が掛かる。日本の大鳳型は工期が二年八ヵ月ほどだが、米海軍はこれまでエセックス級の建造を優先してきたので、絶大な工業力に支えられた米海軍といえども、装甲空母の建造には二年半か、三年程度の月日を要するのにちがいなかった。

　――今年中（一九四四年）に完成するものは一隻もないだろう……。

　最初に起工された「CV41」でさえ、建造を開始したのは一九四二年の一二月だから、ニミッツとしてはそう覚悟せざるをえなかった。

　――工事を急いだとしても、「CV41」が完成するのは一九四五年春ごろになる！

　アイオワ級三番艦の「ミズーリ」はすでに進水しているが、装甲空母に再設計して艤装をやりなおすのにやはり一年ぐらいは掛かり、こちらも完成するのは一九四五年の春ごろとなるにちがいなかった。

　しかし「CV41」や「ミズーリ」が完成すると思われる来年春まで、日本軍機動部隊がなにも作戦行動を起こさず、じっとしてくれているはずもなかった。

　いうまでもないが、日本軍機動部隊が攻撃を仕掛けて来た、そのときには、ニミッツは指揮下に装甲空母がたとえなくとも、味方勢力圏下に在《あ》る基地を、ことごとく守り切ってみせなければならないのであった。

　――敵は必ず今年中に動き出すにちがいない。だとすれば、……いよいよハワイが危ない！

そう考えざるをえなかった。

ハワイ攻略の策源地となるマーシャル諸島の基地は日本軍の手に残されたままだし、日本軍機動部隊の兵力はこの秋にピークに達する。日本の新型空母はこの夏に続々と竣工してくるとわかっていたが、その程度の情報を入手するのはニミッツ司令部にとって朝めし前のことだった。

秋には日本軍機動部隊の空母が一五隻を超えるはずで、それだけの大兵力を率いて日本軍が攻勢を仕掛けて来る〝場所〟は、およそハワイ以外になかった。

――一一月には大統領選挙がある！　やはり秋が危ない！　だとすれば「CV41」や「ミズーリ」はまったく間に合わない！

おそらくニミッツは、装甲空母〝なし〟でハワイを防衛しなければならない。

そうなると、秋までに必要なのはやはりエセックス級空母ということになる。まったく堂々めぐりだが、エセックス級の建造も決して後まわしにできず、とにかく通常型でもよいから空母がないことにはハワイを防衛できないのだ。

四月には、「フランクリン」がパールハーバーへ到着し、ギルバート沖で損傷した「インディペンデンス」も修理を終えるが、修理中の「ホーネットⅡ」は七月まで作戦できない。いや、「ホーネットⅡ」が修理を完了したとしても大型空母は「ワスプⅡ」「フランクリン」「ホーネットⅡ」の三隻のみで、軽空母はマーシャル沖から帰投して来た四隻と「インディペンデンス」の計五隻。高速空母は全部で八隻となるが、味方機動部隊の空母がわずか八隻では敵の半数ほどでしかなく、とてもハワイを守り切れない。

むろんオアフ島配備の陸海軍機は大いに当てにできるが、肝心の空母が日本軍の半数ではまるでもの足りない。

――せめて日本軍の七割、一二、三隻はぜひとも必要だ！

日本軍の艦隊用空母は〝一八隻に達する！〟という情報もあり、ニミッツはそう考えたが、だとすれば、少なくともあと四隻は高速空母が欲しいところだ。

装甲空母八隻の建造を決める前の、従来の建造計画では、エセックス級空母は四月に「ハンコック」、五月に「タイコンデロガ」、八月に「ベニントン」が竣工する予定となっていた。また、五月にはインディペンデンス級の「バターン」も竣工する予定なので、これで四隻の高速空母を新たに戦力化できる。

しかし、それには当然エセックス級空母についても、これまでの建造ペースを維持しておく必要があった。とくに八月に竣工する予定の「ベニントン」は、ハワイの防衛に役立つかどうかじつにきわどい。習熟訓練を二、三週間で終え、パナマ運河を超特急で通過させてハワイへ回航するしかなかった。

そして、九月に竣工する予定のエセックス級空母「シャングリラ」は、習熟訓練の実施や太平洋へ回航するための時間を考慮に入れると、ハワイの防衛には九分九厘役立ちそうになかった。これを無理に間に合わせようとすると、装甲空母の建造を優先するという方針はすっかり白紙へもどすことになる。また、急いで回航しても結局〝間に合わなかった……〟となりかねない。日本軍はいつ、動き出すかわからないのだ。

――この際、「シャングリラ」の回航はあきらめるしかない！

　ニミッツはそう結論付けると、再びワシントンへ向かい、ノックス海軍長官とキング作戦部長に申し入れた。

「現状では空母がまったく足りず、ハワイの防衛は薄氷を踏む思いです！　前言をひるがえすようで申しわけありませんが、当面のあいだはエセックス級空母の建造も従来どおりのペースで続けていただきたい！」

　ニミッツの切実な訴えを一蹴するわけにもいかず、ノックスもまずはうなずいてみせたが、安請け合いは禁物だと思い、ここはノックスも慎重に訊いた。

「当面のあいだということだが、それはいったいいつごろまでのことかね？」

　予想された質問であり、ニミッツはこれにきっぱりと答えた。

「とくに、八月までに竣工する予定の『ハンコック』『タイコンデロガ』『ベニントン』の大型空母三隻と軽空母『バターン』は、予定の期日を変更せずに竣工させていただきたい。反対に九月以降の竣工予定となっていた『シャングリラ』や『ランドルフ』などは、竣工が予定よりすこし遅れてもかまいません！　とはいえ一ヵ月以上も遅れるようでは困りますが……」

　これを聞いてもすぐには腑《ふ》に落ちずノックスはさらに確認をもとめたが、日本軍の空母兵力が秋にピークをむかえるなど、ニミッツがその理由を説明すると、かれもようやく理解を示した。

「なるほど。ハワイを護《まも》るには、秋までに空母がどうしても一二隻は要るというのだね」

キングは端からニミッツの考えを尊重しており余計な口出しはしない。

ニミッツが〝一二隻〟という数字にあらためてうなずいてみせると、ノックスもさすがに納得し精いっぱいの協力を約束した。

「わかった。いま現在のシフトではむつかしいと言わざるをえないが、大統領に掛け合って工員を大幅に増やすなどしてもらい、出来る限りの手は尽くしてみよう」

これ以上の回答は望むべくもなく、ニミッツはノックス長官に謝意を表し、深々と頭を下げたのである。

第四章　重装甲空母／信濃

1

四月、五月、六月のおよそ三ヵ月間、太平洋は奇妙なほど静まりかえっていた。

日米両軍機動部隊は空母の修理や航空隊の再建に忙しく、それぞれの根拠地にこもってちからを溜めていた。戦局は静かながらも山本五十六大将はハワイを見すえており、ニミッツ大将も、その視線をひしひしと感じていた。

四月。軽空母「インディペンデンス」の修理がようやく完了、一月二九日に竣工していたエセックス級空母「フランクリン」と肩を並べるようにして、両空母はパールハーバーへ一五日・夕刻に入港して来た。

これで作戦可能な機動部隊の空母は、大型空母二隻、軽空母が五隻となったが、戦力不足は否めず、航空隊もまだまだハワイ近海で訓練を続ける必要があった。

同じく四月。「ミッドウェイ海戦」後に重巡からの改造が決まった「伊吹《いぶき》」が、二〇日に呉《くれ》工廠で竣工し、軽空母として生まれ変わった。島型艦橋を持つ「伊吹」は、およそ一ヵ月にわたって習熟訓練を実施したあと、第五航空戦隊に編入されて軽空母「千歳」「千代田」と戦隊を組み、城島《じょうじま》高次《たかつぐ》少将の旗艦となる予定であった。

　また、四月二日には「大鳳」が修理を完了しており、四月二二日には「飛鷹」の修理もすっかり完了した。両空母とも修理を終えた一週間後には原隊に復帰して、搭乗員を育成するための訓練に加わった。

　さらに、機動部隊とはおよそ関係ないが、三月一八日にはまず「山城《やましろ》」が輸送戦艦として改造工事を終えており、四月二五日には「扶桑《ふそう》」も改造を終えて輸送戦艦に生まれ変わっていた。

　両戦艦は煙突より後方に在った主砲塔三基・六門を思い切って撤去し、そこへ伊勢型航空戦艦とよく似た形状の格納庫を設け、航空機なら約三六機、人員なら約一八〇〇名、あるいは重火器や食糧、物資などを満載して、ハワイ攻略の切り札的存在として〝上陸作戦に役立てよう〟との思惑で改造されていた。

　輸送任務に特化した戦艦だから重油の積載量も思い切って増やされ、一四ノットで一万九〇〇〇海里もの航続力を有し、緊急時には他艦へ重油を供給することもできる。

　当初は上陸作戦に役立てようという目的で改造されることになったが、ハワイ作戦に備えてまずは「扶桑」「山城」を内地――蘭印間の輸送任務に従事させる。そして、戦艦らしい防御力を活かして出来るだけ多くの石油や戦略物資を内地へ確実に輸送してやろうというのであった。

　五月に入ると、周知のとおり新型の彗星や天山が量産を開始していたが、日米両軍機動部隊ともいまだ航空隊の再建や空母の修理が終わっておらず、特別なうごきはおよそなにもなかった。

　日米両海軍はなおも「マーシャル沖海戦」後の処理に忙殺されていた。

ただし米海軍は、五月八日に大型空母「タイコンデロガ」を竣工させており、五月一三日には軽空母「バターン」も改造工事を終えていた。

予定どおりの竣工にニミッツ大将は顔をほころばせていたが、両空母はいまだ太平洋へ回航されておらず、おもにカリブ海で習熟訓練を実施していた。

六月。月が変わると早速、重巡「筑波《つくば》」が竣工した。マル急計画で建造を開始した改鈴谷型の重巡でもともとは「伊吹」の同型艦だが、「筑波」は当初の計画どおり重巡として建造され、六月一日に三菱長崎造船所で竣工した。ひさしぶりの重巡だ。「筑波」は無事に習熟訓練を終えて公試運転で三五・三ノットを記録し、三〇日には早くも第七戦隊に編入されて重巡「鈴谷《すずや》」「熊野《くまの》」と戦隊を組み、田中頼三《らいぞう》少将の将旗を掲げた。

また、機動部隊では、六月六日に「玄鳳」が修理を完了し、次いで六月一八日には「白鳳」も修理を完了した。両空母とも修理後まもなくして原隊に復帰し、紫電改や新型の彗星、天山を搭載して航空隊の訓練に加わった。

同じく六月。米海軍もようやく二二日に「ホーネットII」の修理を完了し、サンディエゴを経由して「ホーネットII」は七月一日にパールハーバーへもどって来た。

これで太平洋艦隊の指揮下に在《あ》る高速空母は大型空母三隻、軽空母五隻の計八隻となったが、いまだ戦力不足は否めず、航空隊も引き続き訓練をおこなう必要があった。

そして、その一五日後、七月一六日になると空母の数が一気に増えて、ニミッツ大将もようやく胸をなでおろした。

四月中旬に竣工していた空母「ハンコック」だけでなく、五月に竣工していた空母「タイコンデロガ」と軽空母「バターン」が三隻そろってパールハーバーへ到着し、七月一六日には太平洋艦隊の指揮下に在る高速空母が大型空母五隻、軽空母六隻の計一一隻となったのである。

――よーし！　これであとは、「ベニントン」の到着を待つのみだ！

エセックス級の空母「ベニントン」がパールハーバーへ到着すれば、大型空母がもう一隻増えて艦隊用空母はまさに一二隻となる。だが軍需局からは〝八月一〇日前後に竣工する〟と聞かされており、はたして「ベニントン」がハワイの防衛に役立つかどうかは微妙なところだった。その到着は〝一〇月一〇日ごろになる！〟と、ニミッツは覚悟せざるをえなかった。

2

マル五計画による、待望の改大鳳型一番艦・重装甲空母「玄龍《げんりゅう》」が、横須賀工廠で竣工したのは昭和一九年七月五日のことだった。

前級の大鳳型装甲空母より排水量が一三〇〇トンほど増えており、全長も四メートル余り延長された「玄龍」は、ちょうど修理を終えて横須賀に碇泊していた大鳳型・二番艦の「白鳳」と比べると、ひとまわり大きく見えた。

兄と弟という感じだが、「白鳳」と「玄龍」はともに横須賀の第六船渠《せんきょ》で建造されており、後から建造された弟の「玄龍」のほうが、体格がすこしばかり立派に見えるのが、「白鳳」の乗員にとってはおもしろくない。

とはいえ、まず大鳳型が在っての改大鳳型だから、「白鳳」の乗員らも、練度は断然〝おれたちのほうが上だ!〟と胸を張り、「玄龍」の訓練開始をしかと見守っていた。

最大速度は同じく三三・三ノットで搭載機数もほぼ同じだが、飛行甲板はかなり広めで高角砲の数も一二門から一六門に増やされていた。

艦橋が舷側の外側へはみ出す形に改められ、飛行甲板も四メートルほど長くなっていたので圧迫感がなく、とくに発着艦時には飛行甲板を広々と感じる。

「しかし、まあ、あれだけ広けりゃ、だれでも着艦できるぞ!」

試しに「玄龍」へ派遣されて発着テストを実施した小隊長が、そう負け惜《お》しみを言うと、みなが失笑をこらえつつ一様にうなずいた。

そして、一番艦の「玄龍」が艦載機の発着テストを実施した七月二〇日には、同じく改大鳳型二番艦の重装甲空母「亢龍《こうりゅう》」も、神戸川崎造船所で予定どおりに竣工した。

二番艦「亢龍」もまた、翌日には早速、習熟訓練を開始して、一番艦の「玄龍」と同様に八月二日には公試運転で速力三三・三ノットを発揮してみせた。

さらに「亢龍」は八月五日に艦載機の発着テストを実施していたが、ちょうどこの日、長崎三菱造船所では改大鳳型をもはるかに凌《しの》ぐ世界最大の航空母艦が竣工していた。

基準排水量六万四〇〇〇トン、全長二六六メートル、幅四〇メートルの広大な飛行甲板を持つ重装甲空母「信濃」が竣工、まずは佐世保へ向けてゆっくりと航行し始めたのである。

いうまでもなく、大和型三番艦を改造した巨大装甲空母だが、最大速力が「大和」「武蔵」と同等の二七ノットでは航空母艦としてはいかにももの足りない。そこで「信濃」は、改造が決定した昭和一六年一二月の時点で最も量産性に優れ、信頼性の高かった陽炎型《かげろうがた》駆逐艦四隻分の主機に換装して、速力の向上を図った。

出力五万二〇〇〇馬力を発揮する陽炎型駆逐艦の主機を四基搭載すれば、計算上二〇万八〇〇〇馬力（五万二〇〇〇馬力×四）の出力を発揮できるが、大和型戦艦と同様にこれを九〇パーセントに減格（デ・チューン）して一八万七二〇〇馬力とし、主機を長持ちさせるようにした。

そして改造した結果、「信濃」は二九ノット以上の最大速力を発揮できる、装甲空母として生まれ変わったのだった。

空母「加賀《かが》」がそうであったように二八ノット以上の速力を発揮できれば、艦載機を発進させるときにおよそ充分な合成風力を得られ、一線級の航空母艦として運用することができる。

はたして、周防灘《すおうなだ》で八月一九日に実施した公試運転において、装甲空母「信濃」は二九・六ノット（出力・約一九万一〇〇〇馬力）の最大速度を記録し、目標としていた二九ノット以上の速力を余裕で発揮したのである。

飛行甲板には大鳳型と同じく九五ミリ（二〇＋七五）の鋼鈑が張りめぐらされているが、なんといっても「信濃」の特徴は、大和型戦艦から受け継いだ、その船体防御にあった。大和型戦艦として建造し始めた船体をそのまま使って空母へ改造したため、喫水線下の防御力は「大和」「武蔵」とほとんど変わらない。

おそらく一〇本ちかくの魚雷を喰らっても、おいそれと沈没するようなことはなく、「信濃」は飛行甲板の装甲と相まって、まさに〝不沈空母〟の名に値するような、絶対的な防御力を備えているのだった。

さらには、大和型戦艦から受け継いだ、幅広の船体上へ飛行甲板を設置したため、飛行甲板の全幅は四〇メートルにも及び、双発機でも着艦できそうなほどの広さがある。着艦時の見通しがすばらしい上に、艦の安定度も抜群だ。

飛行甲板の面積は大鳳型空母の一・三倍ほどもあり、艦載機を露天繋止《けいし》することにより、搭載機数もかなり増やせる。紫電改以下の折りたたみ翼を備えた新型機を搭載することによって、重装甲空母「信濃」は、一〇八機もの艦載機を無理なく運用できるのだ。

また、一二・七センチ連装高角砲八基・一六門を装備し、一四四挺もの二五ミリ機銃を装備して飛行甲板の前後・左右に、対空火器を鎧《よろい》のようにまとっている。とくに機銃の数は改大鳳型空母のちょうど二倍に達していた。

「建造に三年と八ヵ月も掛かったが、それだけのことはありそうだな……」

公試運転中の「信濃」を、参謀長の山口多聞とともに観艦し、山本五十六も思わずそうつぶやいたが、みずからが改造の切っ掛けをつくっていただけに、就役間近の「信濃」を観た山本の感慨はひとしおだった。

「なるほど、なかなか沈まんでしょう。機関出力を九〇パーセントに減格しておりますから、魚雷回避などの緊急時には、三〇ノット以上の速力を発揮できるそうです」

山口がそう応じると、山本は目をほそめ深々とうなずいてみせた。

重装甲空母「信濃」はハワイを攻略するための大きな戦力となるにちがいなかったが、空母の建造はこれで終わりではなかった。

周防灘で「信濃」が二九・六ノットを発揮してみせた、その前日の八月一八日には、呉工廠で改大鳳型の三番艦「昇龍《しょうりゅう》」も竣工した。

これで改大鳳型・重装甲空母も三隻がそろい踏みとなり、帝国海軍は、「信濃」以下、計七隻もの重装甲空母をそろえて、世界に冠たる〝装甲空母大国〟となっていた。

重装甲空母・大鳳型三隻／大鳳、白鳳、玄鳳
重装甲空母・玄龍型三隻／玄龍、亢龍、昇龍
重装甲空母・信濃型一隻／信濃
装甲空母・雲鶴型一隻／雲鶴
装甲空母・翔鶴型二隻／翔鶴、瑞鶴
装甲空母・飛鷹型二隻／飛鷹、隼鷹

装甲空母は全部で一二隻となっている。これに六隻の軽空母を加えて、機動部隊を編制する艦用空母は合わせて一八隻となっていた。

それら一八隻の空母が、同型艦もしくは準同型艦三隻ずつで戦隊を組み、六つの空母航空戦隊を編制する。

決戦の時は近い。

巨大空母「信濃」は八月二六日に艦載機の発着テストを終えており、最後に竣工した「昇龍」も八月二三日に実施した公試運転で三三・三ノットの速力を記録、九月二日には艦載機の発着テストも無事に終了した。

そして九月五日、機動部隊の全空母へ艦載機が行き渡ると、連合艦隊はまず、その指揮下に三つの機動艦隊を編制し、山本五十六大将は同時に三つの機動艦隊で作戦部隊「第一、第二、第三機動部隊」を編成、その統一指揮官に角田覚治中将を任命した。

〔第一機動部隊／第一機動艦隊〕
統一指揮官／司令長官　角田覚治中将
第一航空戦隊　司令官　角田中将直率
・重装空「大鳳」　搭載機数・計七八機
（紫電改三三、彗星二七、天山一八）
・重装空「白鳳」　搭載機数・計七八機
（紫電改三三、彗星二七、天山一八）
・重装空「玄鳳」　搭載機数・計七八機
（紫電改三三、彗星二七、天山一八）

第四航空戦隊　司令官　草鹿《くさか》龍之介《りゅうのすけ》中将
・装甲空「雲鶴」　搭載機数・計八四機
（紫電改三〇、彗星二七、天山二七）
・装甲空「翔鶴」　搭載機数・計八四機
（紫電改三〇、彗星二七、天山二七）
・装甲空「瑞鶴」　搭載機数・計八四機
（紫電改三〇、彗星二七、天山二七）

〔第二機動部隊／第二機動艦隊〕
指揮官／司令長官　大西瀧治郎《たきじろう》中将
第二航空戦隊　司令官　大西中将直率
・重装空「玄龍」　搭載機数・計七八機
（紫電改三三、彗星二七、天山一八）
・重装空「亢龍」　搭載機数・計七八機
（紫電改三三、彗星二七、天山一八）
・重装空「昇龍」　搭載機数・計七八機
（紫電改三三、彗星二七、天山一八）

第五航空戦隊　司令官　城島高次少将
・軽空母「伊吹」　搭載機数・計三五機
（紫電改二四、天山九、艦偵二）
・軽空母「千歳」　搭載機数・計三四機
（紫電改二一、天山九、艦偵四）
・軽空母「千代田」　搭載機数・計三四機
（紫電改二一、天山九、艦偵四）

〔第三機動部隊／第三機動艦隊〕
指揮官／司令長官　松永貞市《さだいち》中将
第三航空戦隊　司令官　松永中将直率
・重装空「信濃」　搭載機数・計一〇八機
（紫電改五四、彗星二七、天山二七）
・装甲空「飛鷹」　搭載機数・計六三機
（紫電改二七、彗星一八、天山一八）
・装甲空「隼鷹」　搭載機数・計六三機
（紫電改二七、彗星一八、天山一八）

第六航空戦隊　司令官　加来止男《かくとめお》少将
・軽空母「翔鳳」　搭載機数・計三五機
（紫電改二四、天山九、艦偵二）
・軽空母「龍鳳」　搭載機数・計三四機
（紫電改二一、天山九、艦偵四）
・軽空母「瑞鳳」　搭載機数・計三四機
（紫電改二一、天山九、艦偵四）
※彗星はすべて四三型、天山はすべて一二型。

第一、第二、第三機動部隊を合わせた航空兵力は、紫電改五二八機、彗星三〇六機、天山三〇六機、二式艦偵二〇機の計一一六〇機。
機動部隊の航空兵力が一〇〇〇機を超えるのはこれがもちろんはじめてのこと。押しも押されもせぬ大機動部隊だ。
めざす敵地は〝ハワイ〟と決まっていた。

機動部隊の統一指揮を執る角田中将は、重装甲空母「大鳳」に将旗を掲げている。

巨大空母「信濃」や改大鳳型の重装甲空母三隻が戦列に加わったとはいえ、帝国海軍の機動部隊を象徴する第一等の航空母艦はやはり「大鳳」にちがいなかった。

乗員や搭乗員の練度が最も高い。

角田中将が指揮官を兼務する、第一機動部隊の指揮下には、装甲空母「雲鶴」「翔鶴」「瑞鶴」の三隻も入っている。第四航空戦隊を編制する三空母だが、これら三隻は、最も多くの機を搭載しており、その合計数は二五二機に達する。

各機動部隊の要となる第一、第二、第三航空戦隊の三空母は、いずれも搭載機数の合計が二三四機だが、それらより一八機も多いのだ。

「これは責任重大だな……」

四航戦の司令官となっていた草鹿龍之介中将がそうつぶやくのも当然で、巨大空母「信濃」以外で彗星、天山をともに二七機ずつ搭載しているのは「雲鶴」「翔鶴」「瑞鶴」の三空母のみで、かれが率いる第四航空戦隊は、最大の攻撃力を有しているといえた。

草鹿龍之介は昭和一九年五月一日付けで中将に昇進しており、煙突一体型の最新式の艦橋を持つ装甲空母「雲鶴」に将旗を掲げた。

一航戦「大鳳」「白鳳」「玄鳳」に四航戦の三空母を加えた角田中将の第一機動部隊は、合わせて四八六機の航空兵力を有し、むろん最大の兵力を誇っているが、第二、第三機動部隊もまた、それぞれ計三三七機ずつの大兵力を有しており、第一機動部隊の両翼をがっちりと固めて、三位一体の機動空襲作戦を展開する。

その右翼を担う第二機動部隊は第二航空戦隊の重装甲空母「玄龍」「亢龍」「昇龍」の三隻を基幹とし、第五航空戦隊の軽空母「伊吹」「千歳」「千代田」の三隻を従えている。

第二機動艦隊司令長官の大西瀧治郎中将は帝国海軍航空の草分け的存在で航空戦の大家だ。昭和一八年五月一日付けで中将に昇進しており、重装甲空母「玄龍」に将旗を掲げて、第二機動部隊の指揮官を兼務していた。

軽空母「千歳」「千代田」以外の四空母が戦場へ出るのはこれがはじめてだ。練度の低さは否めないが、八月五日に大西中将が「玄龍」へ着任すると、みなが眼の色を変えて訓練に汗を流した。先に横須賀・第六船渠で建造された「白鳳」からも一部の搭乗員が移され、「白鳳」「玄龍」はまさに血を分けた兄弟となっていた。

第二機動部隊とは対照的に、第三機動部隊は旗艦の「信濃」のみが初参戦で、それ以外の五空母はすべて実戦を経験している。「信濃」の搭乗員は先の海戦で戦没した「飛龍」から移って来た者が多かった。

三位一体の左翼を担う第三機動艦隊の司令長官は松永貞市中将だ。昭和一八年一一月一日付けで中将に昇進しており、第三機動部隊の指揮官を兼務している。中将に昇進して一年未満だが、航空戦の経験は充分で、緒戦では「マレー沖海戦」も指揮していた。

松永中将は、先の「マーシャル沖海戦」で第三航空戦隊の旗艦「飛龍」を失いはしたが、残る「飛鷹」「隼鷹」を駆って勝利に貢献しており、このたび司令長官に抜擢されて、機動部隊の一翼を担うことになった。

旗艦は巨大空母「信濃」だ。一時は、「大鳳」ではなく防御力の最も優れる「信濃」を、統一指揮官・角田中将の〝旗艦にすべきではないか〟との意見も出されたが、「信濃」「飛鷹」「隼鷹」の三空母は最大速度が二九ノットそこそこで、大鳳型や改大鳳型よりも速力で若干見劣りする。そのため結局は、最も練度の高い「大鳳」を〝やはり機動部隊の総旗艦にしよう〟ということで、話が落ち着いたのだった。

　この日、「信濃」は習熟訓練を無事に終了し、晴れて第三機動部隊の旗艦となった。航空隊の訓練も総仕上げの段階にある。

　そして、最後に竣工した「昇龍」が習熟訓練を終えると、山本五十六大将はいよいよハワイ攻略を見すえて、九月一五日付けで連合艦隊の編制を一新したのである。

◎連合艦隊　司令長官　山本五十六大将
（ブラウン）　同参謀長　山口多聞中将
・第一戦隊　司令官　山本大将直率
　戦艦「武蔵」「大和」
・第一〇戦隊　司令官　木村進《すすむ》少将
　軽巡「長良《ながら》」「名取《なとり》」　駆逐艦六隻
　付属／水母「秋津洲《あきつしま》」
〔第一機動艦隊〕司令長官　角田覚治中将
（ブラウン）　同参謀長　有馬《ありま》正文《まさふみ》少将
・第一航空戦隊　司令官　角田中将直率
　装空【大鳳】【白鳳】【玄鳳】
・第四航空戦隊　司令官　草鹿龍之介中将
　装空『雲鶴』『翔鶴』『瑞鶴』
・第一一戦隊　司令官　鈴木義尾《よしお》中将
　戦艦「比叡《ひえい》」「霧島《きりしま》」

・第八戦隊　司令官　白石万隆《しらいしかづたか》少将
航巡「最上《もがみ》」「利根《とね》」「筑摩《ちくま》」
・第一水雷戦隊　司令官　伊崎俊二《いざきしゅんじ》少将
軽巡「阿賀野《あがの》」　駆逐艦一二隻
〔第二機動艦隊〕司令長官　大西瀧治郎中将
（ブラウン）　同参謀長　大林末雄《すえお》少将
・第二航空戦隊　司令官　大西中将直率
装空【玄龍】【亢龍】【昇龍】
・第五航空戦隊　司令官　城島高次少将
軽空「伊吹」「千歳」「千代田」
・第一二戦隊　司令官　西村祥治《しょうじ》中将
戦艦「金剛《こんごう》」「榛名《はるな》」
・第七戦隊　司令官　田中頼三少将
重巡「筑波」「鈴谷」「熊野」
・第二水雷戦隊　司令官　早川幹夫《はやかわみきお》少将
軽巡「能代」　駆逐艦一二隻

〔第三機動艦隊〕司令長官　松永貞市中将
（ブラウン）　同参謀長　岡田為次《ためつぐ》少将
・第三航空戦隊　司令官　松永中将直率
装空【信濃】『飛鷹』『隼鷹』
・第六航空戦隊　司令官　加来止男少将
軽空「翔鳳」「龍鳳」「瑞鳳」
・第一三戦隊　司令官　松田千秋《ちあき》少将
航戦「伊勢」「日向」
・第四戦隊　司令官　小柳冨次《とみじ》少将
重巡「愛宕《あたご》」「高雄《たかお》」「摩耶《まや》」
・第三水雷戦隊　司令官　木村昌福《まさとみ》少将
軽巡「矢矧《やはぎ》」　駆逐艦一二隻
〔第一支援艦隊〕司令長官　宇垣纏《うがきまとめ》中将
（ブラウン）　同参謀長　古村啓蔵《こむらけいぞう》少将
・第二戦隊　司令官　宇垣中将直率
戦艦「長門《ながと》」「陸奥《むつ》」

・第五戦隊　司令官　橋本信太郎《しんたろう》少将
重巡「妙高《みようこう》」「羽黒《はぐろ》」「足柄《あきがら》」
・第六戦隊　司令官　左近允尚正《さこんじようまさなお》少将
重巡「青葉」「衣笠《きぬがさ》」
・第四水雷戦隊　司令官　中川浩《こう》少将
軽巡「酒匂《さかわ》」　駆逐艦一二隻
〔第二支援艦隊〕司令長官　志摩清英《しまきよひで》中将
（ブラウン）　同参謀長　松本毅《たけし》大佐
・第三戦隊　司令官　志摩中将直率
輪戦「山城」「扶桑」
・第九戦隊　司令官　鶴岡信道《つるおかのぶみち》少将
軽巡「北上《きたかみ》」「大井」
・第七航空戦隊　司令官　澄川道男《すみかわみちお》少将
護空「雲鷹」「大鷹」「冲鷹」
・第五水雷戦隊　司令官　伊集院松治《いじゆういんまつじ》少将
軽巡「阿武隈《あぶくま》」　駆逐艦一二隻

○中部太平洋艦隊　司令長官　小沢治三郎中将
（トラック）　同参謀長　矢野英雄《ひでお》少将
〔第四艦隊〕　司令長官　小沢中将兼務
旗艦／軽巡「大淀《おおよど》」
・第二海上護衛隊　司令官　有馬馨《かおる》少将
護空「海鷹《かいよう》」　軽巡「龍田《たつた》」
・第一一水雷戦隊　司令官　高間完《たかまたもつ》少将
軽巡「鬼怒《きぬ》」　駆逐艦八隻
〔第二航空艦隊〕司令長官　戸塚道太郎中将
（クェゼリン）同参謀長　三和義勇《みわよしたけ》大佐
・第二一航空戦隊　司令官　市丸利之助《いちまるりのすけ》少将
（ブラウン基地／防衛）
・第二三航空戦隊　司令官　伊藤良秋《よしあき》少将
（クェゼリン基地／防衛）
※【】は重装甲空母、『』は装甲空母を示す。

旗艦「武蔵」をはじめ連合艦隊の多くの艦艇がいまだ呉・柱島錨地《はしらじまびょうち》に碇泊していたが、第一機動艦隊と第一支援艦隊はマーシャル諸島のブラウン基地へすでに進出していた。

出撃の時は迫っている。

柱島錨地碇泊中の全艦艇が重油の補給を完了しており、一五日・午後一時を期して出港、まずはブラウンをめざすことになっていた。

今回、連合艦隊麾下《きか》に宇垣纏中将の「第一支援艦隊」と志摩清英中将の「第二支援艦隊」が新たに設けられ、「ハワイ攻略作戦」を支援することになっていた。

宇垣中将の第一支援艦隊は長門型戦艦や重巡を基幹としており、オアフ島に対して艦砲射撃を実施、上陸作戦を支援する。むろん米戦艦が戦いを挑んで来た場合には受けて立つ。

その場合は、機動部隊所属の金剛型戦艦も第一支援艦隊の指揮下へ入り、「武蔵」「大和」も当然砲撃戦に加わる。山本大将も「武蔵」に座乗してブラウンから出撃、ハワイ作戦の陣頭指揮を執ることになっていた。

かたや、志摩中将の第二支援艦隊は上陸船団を護衛しつつ、ブラウンから出撃する。志摩中将は輸送戦艦「山城」「扶桑」を直率し、その指揮下には三隻の護衛空母も編入されていた。

「雲鷹」「大鷹」「冲鷹」の三隻だが、これら三空母搭載の艦載機で対潜哨戒を厳重におこない、速力に劣る船団を敵潜水艦などの攻撃から護る。また、これら三空母と伊勢型航空戦艦二隻はいずれも紫電改九機、彗星九機、天山九機の二七機ずつを搭載しており、計一三五機を機動部隊の空母へ補充する任務もあわせ持っていた。

周知のとおり、角田中将の第一機動艦隊と宇垣中将の第一支援艦隊はすでにブラウンへ進出しており、「武蔵」以下の残る艦艇はそれを急いで追い掛けてゆくことになる。「信濃」「昇龍」がいまだ習熟訓練中で、第二、第三機動艦隊が機材受領を終えていなかったためだが、それらが完了するのをきっちりと見届けてから、「武蔵」は柱島錨地を出港したのであった。

こうして九月一五日の午後には、第二、第三機動艦隊や連合艦隊の残る艦艇も柱島から出港したが、この八月五日には連合艦隊の指揮下に「中部太平洋艦隊」も設立されていた。

「機動部隊を率いて二年になるからな……。そろそろ小沢を代えようと思う」

いうまでもなくこれまでは、小沢治三郎中将が第一機動艦隊の司令長官を務めていた。

山本はそう切り出したが、これには山口が首をかしげた。

「……ハワイ攻略を前にして機動部隊の指揮官を代えるというのは、どうでしょうか?」

「角田で問題なかろう」

「それはそうですが……」

「第二機動艦隊に大西を持って来るから、それでこれまで以上に戦えるはずだ」

大西の起用を聞かされたのはこのときが初めてで、山口も一瞬、目をまるくした。

それを見て、山本がすかさず口をつなぐ。

「機動部隊指揮官は激務だ。まず二年というのが限度だろう。しかも、奴《やっこ》さん（小沢治三郎）、あぁ見えて、歳はおれと二つしかちがわない。……アルコール依存の気があり、戦闘中に手のふるえが止まらぬ、とも聞いておるしな……」

そのことはたしかに山口も聞いていた。

「しかし、二年とおっしゃるなら、せめてハワイ作戦が終了してからの交代にされては、と、私は思いますが……」

小沢中将が機動部隊の指揮官に就任して以降は連勝続きのため、山口はどうしても〝小沢さんの交代はもったいない〟と思うのだった。

すると、山本があらためて訊いた。

「角田では不安かね？」

「いえ、決してそんなことはありませんが……」

山口も角田中将が海軍随一の闘将であることは認めていたし、機動部隊指揮官を代えるのであれば、小沢中将の後が務まるのは〝角田さんしかいないだろう〟と思っていた。

山本は、山口の考えを端からお見通しで、その反応を見て、ここは言い切った。

「角田で良いと言うなら、もう決めた！　出ずっぱりの海上勤務から、ここは小沢を一度解放してやろう」

しかしそれを言うなら、角田中将も日米開戦以来、戦場に出ずっぱりのため、山口としては首をかしげざるをえなかった。とはいえ、最も重要な艦隊司令長官の人事に関する話であるだけに、山口も、これ以上、口をはさむのは〝良くない〟と考えて黙っていた。

山口はしぶしぶうなずいてみせたが、不満げな表情をすっかり隠し通すことはできない。それを見て、山本は反対に問うた。

「ハワイを占領したのはよいが、そのあとの補給が続かんというのでは元《もと》の木阿弥《もくあみ》だ。その仕事を安心して任せられるのは、やはり小沢ぐらいしかおらんだろう？」

そう言われてみれば、それはそのとおりにちがいなかった。山口もにわかに〝なるほど……〟と思った。山口の変化を、山本は見逃さない。

「占領したハワイを護り切るとなると、陸軍にもやはり協力を仰ぐ必要があるだろうから、陸軍ともうまくやれる者がよい。それを見すえた上での中部太平洋艦隊だ……」

山本がつぶやくようにそう言及すると、その必要性は〝たしかにあるだろう……〟と思い、山口も山本の考えに同意したのであった。


こうして中部太平洋艦隊の開設が決まり、小沢中将は軽巡「大淀」に将旗を掲げて八月一〇日にトラックへ進出。クェゼリンで基地航空隊をあずかる戸塚道太郎中将の第二航空艦隊も「中部太平洋艦隊」の指揮下へ編入されていた。


中部太平洋艦隊の設立から約一ヶ月半――。

はたして、九月二〇日には「武蔵」以下の全艦艇がブラウン環礁で集結を終え、連合艦隊の決戦準備がいよいよととのった。

厳《いか》つい装甲を備えた「信濃」や、精悍な顔付きの「大鳳」や「玄龍」など、一線級の装甲空母が礁湖内でひしめき合っている。

あとは「ハワイ攻略作戦」の発動を待つのみとなっていた。

第五章　マッカーサー攻勢

1

七月に入ると、呉やハワイの根拠地へ日米の新造空母が続々と集結して、太平洋に再びさざ波が立ち始めていた。

明くる八月になると、太平洋がいよいよ本格的に荒れてきた。訓練を終了した米海軍の大型空母三隻と軽空母五隻が、ウェーク島の日本軍基地に空襲を仕掛けて来たのだ。

それが八月八日のことで、ウェーク島に対する空襲は一過性のヒット・エンド・ラン攻撃に終わったが、飛行場が大破してウェーク航空隊は二〇機余りを失い、基地の施設の約七〇パーセントが破壊されてしまった。

——ついに来たかっ！　米軍機動部隊がいよいよ動き始めたぞ！

幸いにして、米兵が上陸して来るようなことはなかったが、連合艦隊としてはこの動きを看過できず、機材の受領をすでに終えていた角田中将の第一機動部隊に対して、当初の予定を繰り上げて出撃を命じた。第一機動部隊はこれに即応して出撃し、一二日の午後にはウェーク島近海へ達したが、周辺洋上に敵空母のすがたはすでになく、内地へもどらずにその足でブラウン環礁へ向かったのだった。

次いで連合艦隊は宇垣中将の第一支援艦隊にもブラウン進出を命じ、ウェーク空襲に対する報復として、第一機動部隊にギルバートの敵飛行場を攻撃するよう命じた。

報復のついでに、新規搭乗員に実戦経験を積ませてやろうというのだが、角田中将はこの命令に応じて一五日に出撃を命じ、ブラウンから出撃した第一機動部隊は一七日・早朝にマキン、タラワ両島を空襲した。

連合艦隊司令部はギルバート米軍航空隊の兵力増強をなおも警戒していたが、アメリカ陸海軍は実際にはマーシャルへの進軍をすっかり中止しており、第一機動部隊は、申し訳程度に配備されていた米軍機三〇機ほどをことごとく撃破し、両基地にも大損害をあたえて、悠々とブラウンへ引き揚げたのだった。

じつは、「マーシャル沖海戦」で大敗北を喫してしまい、さしもの米軍も対日戦の戦略見なおしを余儀なくされていた。

マーシャル諸島を攻略しようにも、肝心の機動部隊が壊滅状態となり、太平洋を〝中央突破して日本本土へ迫る〟という戦略は事実上、不可能になっていた。

現に、ギルバート諸島が決戦の翌日にいきなり反撃を受けており、日本軍機動部隊はいまだ強大であることがそれではっきりとした。

空母兵力が再び日本軍を上まわるまで一年ほど掛かると覚悟せねばならず、さしものニミッツ大将もマーシャル攻略を一旦あきらめて、当面のあいだ〝ハワイの防衛に徹するしかない！〟と内心覚悟していた。

ところが、そこへ新たな提案がなされた。

統合作戦本部へ、新たな提案を持ち込んだのはほかでもない、ブリスベンに司令部を置くダグラス・マッカーサー大将だった。

「護衛空母でもよい、それを二〇隻ほどブリスベンへ回してくれれば、必ずやポートモレスビーを奪還してみせる！」

そう言われても、キング作戦部長やニミッツは乗り気でなかったが、大統領が大いに興味を示し心をうごかしたのだ。

マーシャル沖での大敗北にもかかわらず、ルーズベルトは三月におこなわれた大統領予備選挙でかろうじて民主党候補の座を勝ち取っていた。それはよかったが、同海戦での惨敗を新聞、ラジオが大きく報じており、いまや政権を揺るがすほどとなっていた。

——いかん！　このままでは四選が危うい！

本選挙では、いよいよ共和党候補に負けるかも知れず、さしものルーズベルトも非常な危機感を抱いていた。そうしたところへ、マッカーサーがポートモレスビーを〝奪還してみせる！〟と勢い込んで来たのだから、この提案はルーズベルトにとってまさに〝渡りに船〟だった。

——本当にポートモレスビーを奪還することができれば、マーシャル沖での敗北を帳消しにできるかもしれない！

そもそもオーストラリアとの関係を重視していたルーズベルトは、中部太平洋ルート一辺倒ではなく、いわゆる〝マッカーサー・ルート〟にも依然、色気を持っていた。オーストラリアからニューギニア島へ渡り、フィリピンを経由して日本本土へ迫ろうというのだが、先の負け戦《いくさ》でこちらのほうが俄然《がぜん》、現実味をおびて来た。

しかしマッカーサーの言葉を鵜呑《うの》みにするわけにもいかず、ルーズベルトが「本当に奪還できるかね？」と本人にあらためて問いただすと、マッカーサーは〝しめた！〟とばかりに、もうひとつ大統領に注文を付けた。

「必ず成功させるという自信があります！　ですが、奪還をより確実にするには、やはり高速空母の支援をいただいたほうがよろしいでしょう。いえ、指揮下に編入していただくのは護衛空母のみで結構です。ただし高速空母群でポートモレスビーに先制攻撃を加えていただきたい。……それは当然、一回かぎりのヒット・エンド・ラン攻撃で結構です！」

喉から手が出るほど具体的な戦果を欲していたルーズベルトは、マッカーサー案に一も二もなく跳び付いた。

「それで、いつまでに奪還できる？」

「早いほうがよろしいでしょう。海軍次第です！　八月中に空母を準備していただければ、九月中に奪還してみせます！」

これを聞いて、ルーズベルトはすっかりマッカーサー案の虜《とりこ》となったのである。

2

大統領直々《じきじき》の命令により、アメリカ太平洋艦隊はマッカーサー軍のポートモレスビー奪還作戦を支援することになった。

しかし、ニミッツとしてはやはりハワイの防衛が気掛かりだった。一時的にせよ機動部隊をポートモレスビー攻撃に手放せば、その間、ハワイの守りが手薄になる。

　ニミッツとしては、できれば機動部隊を手放したくはなかったが、大統領の意を受けたキングがそれを説き伏せた。

「南太平洋で新たな火種を作り、そちらへ敵機動部隊をおびき出すことができれば、間接的にハワイを防衛できるではないか……。ポートモレスビーを突けば日本軍の有力な機動部隊をサンゴ海に誘致できる可能性が高い。そして南太平洋戦線で日本軍を消耗戦にひきずり込むことができれば、われわれはハワイを防衛するための貴重な時間を稼げるのだ」

　たしかにその可能性はあった。

　ニューギニア戦線の最重要拠点であるポートモレスビーを日本が失えば、物量で勝るアメリカ軍に陸路での進軍をゆるすことになり、ラバウルの防衛もあやしくなって来る。

　ラバウルの足元に火が点《つ》けば日本海軍もそれを決して見過ごせず、総力を挙げて反撃して来るのにちがいなかった。それを未然に防ぐため日本にとってポートモレスビーの防衛は欠かせず、アメリカ軍が全力を挙げてポートモレスビーに攻勢を仕掛ければ、日本軍機動部隊が出て来る可能性はかなりあった。

「ポートモレスビーの防衛が危ういとなれば、日本陸軍が海軍に泣き付き、日本海軍はサンゴ海へ空母を出さざるを得なくなるだろう」

　キングがさらにそう言及すると、ニミッツも俄然その気になってきた。

　――なるほど、攻撃は〝最大の防御〟という。ポートモレスビーを攻撃し、それでハワイを防御できるなら、太平洋艦隊にとっても言う事なしではないか……。

そう思い至るや、ニミッツもついにマッカーサー案にうなずいたが、ニミッツは、決してただでは転ばなかった。

「わかりました。……ですが、ひとつだけ条件がございます」

「なんだね？」

キングがいぶかしげに訊くと、ニミッツはおもむろに切り出した。

「こちらはブリスベン司令部のおおむね要求どおりに護衛空母を出し、その上、機動部隊の一部を割いてポートモレスビーにヒット・エンド・ラン攻撃を仕掛けるのです。その見返りとして陸軍には、大型四発機を中心とした重爆撃機群と新鋭機をふくむ有力な戦闘機部隊をオアフ島へぜひとも配備してもらいましょう。そうですね……、全部で五〇〇機は欲しいところです」

ニミッツはさらりとそう言ってのけたが、これにはキングも呆《あき》れた。

「な、なに!?　五〇〇機もの陸軍機をオアフ島へ追加配備せよというのかね？」

「そうです。現在オアフ島にはおよそ五〇〇機の陸海軍機が配備されておりますが、それだけでは防衛が心もとない。しかも、およそ二〇隻の護衛空母をブリスベンへゆずるとなりますと、それら空母の搭載する艦載機は、優に五〇〇機を超えることになります。それと同等の陸軍機五〇〇機をオアフ島へ補塡してもらうだけの話です。決して過大な要求ではないはずです」

「ふむ……。言われてみれば、なるほど、そのとおりだ」

キングがうなずくや、ニミッツはさらに説明を続けた。

「八月末までにすべての護衛空母をブリスベンへ回航し、その上で、九月上旬に少なくとも六隻以上の高速空母でポートモレスビーにヒット・エンド・ラン攻撃を仕掛けます。海軍は、そのことをきっちり約束しますが、その見返りとして陸軍には、九月末までに五〇〇機をオアフ島へ追加配備していただきます。……一〇〇〇機以上の陸海軍機をオアフ島に集中配備することができれば、日本軍機動部隊が万一、ハワイを攻撃して来たとしても、大きな出血を日本軍に強《し》いることができるでしょう」

　たしかに、サンゴ海への陽動が〝成功する〟という保証などどこにもなく、ニミッツが依然としてハワイの防衛を重視しているのは当然のことだった。それがニミッツの責務であり、キングにもそれはよく理解できた。

　しかも、陸軍とのあいだで〝五〇〇機ずつを交換し合う〟というのは、なんら不当な要求ではなく、海軍はそれに、多数の護衛空母と高速空母の助太刀まで付けてやる、というのだから、陸軍にとって決して悪い話ではないはずだった。

　――ニミッツの言うとおりだ……。しかも、こちらは〝八月末〟までに護衛空母を艦載機付きでゆずってやるのだから、オアフ島へ〝九月末〟までに〝陸軍機をよこせ〟というのは、一ヵ月の貸しとなり、当然の要求だ！

　キングは頭のなかをもう一度よく整理し、これだけの交渉材料がそろっておれば、必ず陸軍を説得できると確信した。

「……よし、わかった。海軍として当然の要求に思うので、陸軍ともう一度よく話し合い、きみの要求を通してやろう！」

キング大将にとって、これぐらいの交渉は朝めし前にちがいなく、ニミッツも交渉成立を大いに信じて深くうなずいた。

サンゴ海への陽動に日本軍がうまく引っ掛かってくれるかどうか、それはやってみなければわからないが、たとえ一時的にせよ日本軍機動部隊が豪北方面へ軍を進めて道草を喰ってくれるとすれば、八月一〇日前後に竣工すると報告された一二隻目の空母「ベニントン」を、ハワイの防衛に役立てることができるにちがいないと、ニミッツは考えた。

――「ベニントン」はぜひとも間に合わせる必要がある！　そのための時間を稼げるとすれば、鈍足の護衛空母をゆずって、陽動を仕掛ける意味は大いにある！

ニミッツはそう結論付けたのだった。

3

アメリカ海軍は一九四三年の夏ごろから、いわゆる〝週間空母〟の異名を持つ、カサブランカ級護衛空母を続々と竣工させていた。

それら一部の艦はUボート対策として大西洋へ回航されることになったが、ニミッツ大将は八月上旬までに結局、一八隻のカサブランカ級空母をブリスベンへ向けて出港させた。

それら一八隻の空母は約束どおり八月末までにすべてブリスベンへ到着し、アメリカ南西太平洋軍（通称・マッカーサー軍）の指揮下へきっちり編入された。

一八隻とも南西太平洋軍隷下の「第七艦隊」に編入されて、上陸作戦などを支援する。

いわゆるマッカーサー海軍だが、第七艦隊の司令官は一九四三年一一月にアーサー・C・カーペンダー中将からトーマス・C・キンケイド中将に交代していた。

キンケイドは一九四三年六月に中将へ昇進。かれの司令官就任とともに第七艦隊の兵力は次第に増強され、旧式ながらも戦艦六隻を擁する強力な編制となっていた。

そして今回、新たに護衛空母一八隻が編入されて、一九四四年九月の時点で第七艦隊の航空兵力は五〇〇機を超えるようになっていた。

◎アメリカ南西太平洋軍
／軍司令官　D・C・マッカーサー大将
　同参謀長　R・K・サザーランド中将
（オーストラリア／ブリスベン）

【第七艦隊】
／司令官　T・C・キンケイド中将
　同参謀長　H・G・ネルソン大佐
旗艦・強襲揚陸艦「ワサッチ」
軽巡「ナッシュヴィル」
駆逐艦四隻
○第七七任務部隊　キンケイド中将兼務
〔火力支援群〕　J・B・オルデンドルフ少将
戦艦「メリーランド」
戦艦「ウェストヴァージニア」
戦艦「テネシー」「カリフォルニア」
戦艦「ミシシッピ」「ペンシルヴァニア」
重巡「ソルトレイクシティ」「ウィチタ」
重巡「チェスター」「ポートランド」
軽巡「マイアミ」「モービル」「リノ」
駆逐艦一二隻

〔支援空母群〕　T・L・スプレイグ少将
・第一空母群　T・スプレイグ少将直率
カサブランカ級護空×六隻　計一六八機
（艦戦一六、艦攻一二）二八機×六
駆逐艦六隻
・第二空母群　F・B・スタンプ少将
カサブランカ級護空×六隻　計一六八機
（艦戦一六、艦攻一二）二八機×六
駆逐艦六隻
・第三空母群　C・A・スプレイグ少将
カサブランカ級護空×六隻　計一六八機
（艦戦一六、艦攻一二）二八機×六
駆逐艦六隻
※カサブランカ級護衛空母は数が多いため、便宜上、個々の艦名は割愛す。

第七艦隊・支援空母群の航空兵力はFMワイルドキャット戦闘機二八八機、TBFアヴェンジャー雷撃機二一六機の計五〇四機。

これまで第三艦隊の指揮下に在った旧式戦艦六隻はこうして第七艦隊へ編入されていたが、サンガモン級護衛空母三隻はカサブランカ級護衛空母と交代してハワイへもどされていた。

カサブランカ級一八隻の航空兵力は約束どおり五〇〇機を超えていたが、「ポートモレスビー奪還作戦」に参加するアメリカ海軍の空母はもちろんそれだけではなかった。

ニミッツ大将は大型空母「ホーネットII」「タイコンデロガ」「フランクリン」「ハンコック」および軽空母「インディペンデンス」「バターン」「カウペンス」の七隻で新たに第三八機動部隊を編成し、ブリスベンへ差し向けていた。

本来はハワイ防衛用の機動部隊だが、これら高速空母七隻の搭載する艦載機も五〇六機に達している。これにカサブランカ級護衛空母が搭載する五〇四機を合わせて、総勢一〇一〇機に及ぶ航空兵力でポートモレスビーに攻撃を仕掛けることにしたのである。

ブリスベンへ続々と到着する味方空母に勇気を得て、マッカーサーも大いに満足だった。

はたして、攻撃開始日は統合作戦本部において九月一〇日と決定され、マッカーサー大将もこれを了承した。

その三日前の九月七日・夕刻（ポートモレスビー現地時間）に第三八機動部隊と第七艦隊の全艦艇がブリスベンから出撃、サンゴ海を一斉に北上し始めたが、日本側はこの動きにまったく気づいていなかった。

昭和一八年五月に占領して以来、帝国陸海軍はポートモレスビーの航空兵力を着実に増強し、昭和一九年九月のこの時点でその兵力は三〇〇機をかぞえるようになっていた。

そのうちのおよそ一〇〇機を海軍機が占め、残る二〇〇機ほどを陸軍機が占めていたが、ニューギニア戦線は陸軍の担当ということでポートモレスビー航空隊は、陸軍・第四航空軍司令官の寺本《てらもと》熊市《くまいち》中将が統一指揮を執っていた。

ただし陸軍航空隊は洋上飛行が不慣れということもあり、索敵はおもに海軍の一式陸攻二四機で実施していた。

海軍はほかにも零戦五七機と艦爆、艦攻九機ずつを配備していたが、主力は隼《はやぶさ》、飛燕《ひえん》をはじめとする一五〇機の陸軍戦闘機で、あきらかに防衛を重視した航空隊の編成となっていた。

戦闘機の数は零戦をふくめて二〇〇機を超えており、散発的に豪北方面から来襲する米軍・重爆撃機による空襲を、これまでのところは大過なく無難に退けていた。

ポートモレスビー配備の日本軍戦闘機に手を焼いていたからこそマッカーサー大将は味方空母による支援を切に願っていたのだが、それがにわかに実現し、この日、日本軍航空隊はすっかり虚を突かれた。

攻撃を受ける前日の九月九日にも、海軍航空隊は朝から九機の一式陸攻を放って索敵を実施していたが、おざなりの一段索敵しかおこなっておらず、九機とも正午過ぎには索敵線を折り返していた。これでは午後から速度を上げて近づいて来た第三八機動部隊を発見できるはずもなく、米空母七隻の接近をむざむざとゆるしてしまった。

米側ははじめからそのつもりで、第三八機動部隊に戦艦は一隻も存在せず、速力三〇ノット以上を発揮できる重巡以下の艦艇で空母を護り、総勢二〇隻以下の少数精鋭で夜間の高速航行を可能にしていた。

実際には重巡四隻と駆逐艦八隻で七隻の空母を護り、第三八機動部隊は九日・午後一時三〇分を期して速度を一気に二八ノットまで引き上げ、それから一五時間後の一〇日・午前四時三〇分の時点でポートモレスビーの南南東・約二三〇海里の洋上へ達していたのだった。

当然、周囲はまだ暗く、夜間発進は危ぶまれたが、経験不足の搭乗員もみな、探照灯で照らされた飛行甲板を蹴って、見事に発艦を成し遂げ、午前五時には三四三機の攻撃機がすべて上空へ舞い上がった。

それを見届けるや、空母七隻は速度をようやく一八ノットまで下げたが、その後も北進を続けてポートモレスビーへ軍を近づけて行った。

攻撃隊は日本軍のレーダー探知を避けるために高度を低くして飛ばねばならず、米軍機動部隊は攻撃機が燃料不足とならぬようポートモレスビーの南南東・約一七〇海里の洋上まで軍を近づけて行った。

対するポートモレスビー基地は午前六時一分に日の出を迎えたが、米軍攻撃隊が接近しつつあることにいまだ気づいていなかった。

時計の針は止まらない。基地のレーダーが迫り来る敵機群を探知したのはようやく午前六時一八分のことだった。

警報が発令され、寺本中将はすかさず戦闘機に発進を命じたが、もはや手後れだった。

米軍攻撃隊は午前六時三二分に上空へ進入して来た。が、飛び立つことのできた日本軍戦闘機はわずか一二機でしかなかった。

それは零戦八機と隼四機だったが、戦陣を切って進入して来た米軍攻撃隊の第一群には、五八機のヘルキャット戦闘機が随伴しており、いかにも多勢に無勢で、さしもの零戦や隼もまったく歯が立たなかった。

日本軍戦闘機は飛び立ったばかりで充分に高度を確保しきれておらず、はるか上空から突入して来たヘルキャットの攻撃をほとんどまともに喰らってしまった。

たちまち八機が撃ち落とされ、残る四機もまずは高度を確保するために四方へ退散してゆくしかなかった。それでもかれらは五機の米軍機を撃ち落としてみせたが、それが限界だった。

五つの滑走路が一斉に爆撃を受け、そこに駐機していた戦闘機や陸攻などが容赦なく破壊されてゆく。

こうなると、日本軍機はもはや一機も飛び立てず、そこへ米軍攻撃隊の第二群も現れ、格納庫や兵舎も爆弾の雨にさらされた。次いで低空へ舞い下りたヘルキャットが、対空陣地やガソリン車などにも機銃掃射を加え始めて、日本兵の多くが復旧作業や消火をあきらめて防空壕へ退避せざるをえなかった。

今や、空をうめ尽くすほどの米軍機がポートモレスビー上空を乱舞している。単発の小型機ばかりで、疑いなく空母からやって来た米軍艦載機にちがいなかった。

「近くに敵空母がいるのです！　ラバウルだけでなく、連合艦隊にも救援を請うべきです！」

幕僚の進言にうなずくや、寺本中将は大急ぎで打電を命じたが、敵機の猛攻はそれからたっぷり一時間ちかくも続いた。

午前七時三〇分になってようやく空襲はおさまったが、こしゃくな米軍機が上空から飛び去ったとき、基地のあらゆる施設が破壊されて飛行場はどれも大破し、二五〇機以上の陸海軍機が地上で撃破されていた。

「ただちに発進できるものは三〇機ほどしかありません！　滑走路を使える状態まで復旧するのにまる一日は掛かりそうです」

敵機が飛び去った三〇分後に幕僚がそう報告すると、寺本中将は〝むう〟と唸《うな》って、ただうなだれるしかなかった。海軍とも連絡を取ったが、すぐに発進できる陸攻は一機もなく、満足に索敵もできない状態となっていたのだ。

第三八機動部隊による攻撃は見事〝奇襲！〟となって成功。ポートモレスビーの日本軍航空隊は壊滅的な損害をこうむった。二五〇機以上の日本軍機を手際よく撃破したのに対して、この攻撃で第三八機動部隊の失った攻撃機はわずか一八機にすぎなかった。

高速空母の搭載するヘルキャットは、もはや日本軍戦闘機を圧倒しており、迎撃して来た零戦や隼にそれらしい仕事をさせなかった。

失われた米軍艦載機の多くが対空砲火によって撃墜されたものだった。

4

午前九時四〇分。第三八機動部隊はポートモレスビーを空襲した攻撃隊の収容を完了した。

攻撃隊の収容を終えると、速力二四ノットで東南東へ取って返し、ガダルカナル島の哨戒圏外へ脱してから、第三八機動部隊は満を持して針路をハワイへ向けた。

重油を節約するため速力を一六ノットまで低下させて、その後はひたすら北東の針路を維持してハワイ・オアフ島をめざした。

幸いにしてギルバート諸島はいまだ味方の勢力圏下に在り、ベーカー島近くで補給部隊と合流したあと、第三八機動部隊はそのまま一直線にオアフ島をめざした。ポートモレスビー近海からオアフ島までの距離は四〇〇〇海里にも及ぶが、平均一二ノットの速力で航行し続け、九月二〇日には重油の補給も済ませた。

「第三八機動部隊は、二五日にパールハーバーへもどって来ます！」

帰投中の機動部隊から連絡を受けた太平洋艦隊参謀長のチャールズ・H・マクモリス少将がそう報告すると、ニミッツはいつもにも増して、大きく〝よし!〟とうなずいた。

いっぽう、ポートモレスビーでは激しい戦いが続いていた。

九月一〇日の午後からは第三八機動部隊に代わって第七艦隊の護衛空母群がポートモレスビーを空襲し、着実に戦果を拡大していった。

一八隻の護衛空母から飛び立った米軍艦載機も三〇〇機を優に超えており、すでに半身不随となっていたポートモレスビー基地に、息も継がせずダメ押しの攻撃をおこなった。

日本軍守備隊は稀《まれ》にみる早さで滑走路の一部を修復、一六機の戦闘機を迎撃に上げたが、それでは到底もの足りなかった。

来襲した米軍攻撃隊の第一群にはワイルドキャット五四機がふくまれており、米軍パイロットは出撃前に教えられたとおり二機で一機の敵戦闘機に戦いを挑み、サッチ・ウィーブ戦法を駆使して零戦などを退けた。

その間、一五分以上にわたって熾烈《しれつ》な空中戦がくり広げられ、零戦や隼も二〇機余りの米軍機を撃墜して一矢《いっし》報いたが、兵力差はいかんともしがたく、最後はちから尽きた。

米軍攻撃隊の二群がポートモレスビー上空へ進入して来ると、周囲が敵戦闘機だらけとなり、残存の零戦三機もさすがに戦いをあきらめて、ブナ方面へ退散して行った。

それからは、基地のあらゆる施設がしこたま爆撃を受け、復旧した滑走路も再度破壊されて、すっかり息の根を止められた。

しかし、本当に恐ろしいのはこれからだった。

さすがに夜は空襲が止み、寺本中将は守備隊を総動員して飛行場の復旧を急がせていたが、日付けが変わった一一日・午前零時三〇分過ぎ、突如として空から照明弾が降りそそぎ、米戦艦六隻が巨砲をぶっ放して来たのだ。

とくに戦艦「メリーランド」「ウェストヴァージニア」が放つ一六インチ（四〇・六センチ）砲弾の破壊力はすさまじく、不意を突かれた守備兵が巨弾の炸裂に巻き込まれ、多くの死傷者を出してしまった。

同時に滑走路や飛行場の施設が跡形もないほどずたずたに引き裂かれ、米戦艦による艦砲射撃は断続的に夜明け前まで続いた。そして、ポートモレスビーの五つの飛行場はどれも修復が不可能なほど徹底的に破壊されてしまった。

やがて一一日の夜明けを迎えたが、米陸海軍の攻撃計画はじつに周到をきわめていた。

薄明を迎えるとともに艦砲射撃が再び激しさを増し、その砲撃には戦艦だけでなく巡洋艦や駆逐艦なども加わっていた。さらに、午前六時過ぎに日の出を迎えると、護衛空母から飛び立ったアヴェンジャーなどが昨日同様、基地上空をわがもの顔で乱舞し始め、ポートモレスビー一帯がまさに砲煙弾雨の様相を呈し始めた。

その猛攻にさらされて砲台や防御陣地などもことごとく破壊され、午前七時二〇分過ぎにはついに海兵隊が上陸を開始した。それを阻止しようにも、米軍の圧倒的な空襲と艦砲射撃に為すすべなく、日本軍守備隊は水際での防衛をあきらめ、海岸から五キロメートルほど後退した飛行場近くで防衛戦を再構築するほかなかった。

それをよいことに米兵が続々と上陸して、この日・一日だけで陸海軍を合わせて二万名を超える兵員が上陸に成功、たちまち橋頭保《きょうとうほ》を築いて九月一二日・昼前には早くも飛行場へ向けての進軍を開始した。

その主力を成していたのは第四海兵師団で、本来はマーシャル諸島攻略用として準備を進めていた同部隊は、「ポートモレスビー奪還作戦」が決まるや、急遽マッカーサー軍の指揮下へ編入されてその先鋒となっていたのだった。もはや訓練は充分で、間に合わせの日本軍陣地を突き崩すことは第四海兵師団にとってさほどむつかしい仕事ではなかった。日本軍守備隊は多くの犠牲を払いながらも二日間にわたって必死の抵抗を示したが、空からの圧倒的な支援を受けた、米海兵隊の進軍を阻止するのは到底不可能だった。

九月一四日・正午過ぎ。アメリカ第四海兵師団は二日間に及ぶ激闘を制して、ポートモレスビーで最大の規模を誇る、ジャクソン飛行場の制圧に成功したのである。

防衛の要《かなめ》となる飛行場を失った日本軍守備隊はイオリバイワ方面へ雪崩を打ったように後退し始め、この日をもって、事実上ポートモレスビーの日本軍基地は陥落した。

5

寺本中将の発した緊急電はラバウルだけでなく柱島碇泊中の戦艦「武蔵」にも届いていた。

「ポートモレスビーが米軍艦載機の空襲を受けている模様です！　現地司令官が連合艦隊に救援を要請しております！」

内地では五日前の九月五日に「信濃」が習熟訓練を終えたばかりで、いよいよハワイ作戦の準備に掛かろうとしていただけに、連合艦隊司令部の受けた衝撃は大きかった。

通信参謀の報告にうなずくや、山口参謀長は即座に山本長官の部屋へ急ぎ、ポートモレスビーが米軍機動部隊の空襲を受けつつあるらしいことを報告した。

ポートモレスビーと日本とではおよそ一時間の時差がある。山口が山本長官に報告したのは日本時間で一〇日・午前六時過ぎのことで、ポートモレスビーではすでに午前七時を回っていた。

山口は通信参謀に起こされて、山本も起床したばかりだったが、山口の報告に「すぐ行く！」と応じ、その一五分後には「武蔵」作戦室に長官が姿を現した。

そのときもまだポートモレスビーは空襲を受けており、基地の悲惨な状況が「武蔵」にも刻々と伝わりつつあった。

山本の姿に気づいて山口が真っ先に言った。

「艦載機です！　三〇〇機を超える大群で空母から発進して来たものにちがいありません！」

「……空母を発見したのかね？」

山本は即座にそう問いただしたが、山口はかぶりを振った。

「いいえ。しかし数が多く、すべて単発機ですから、まず、まちがいありません！」

山本はこれにうなずいたが口を閉じたままなので、山口は追って判断を仰いだ。

「現地から、連合艦隊宛てに救援要請が出されております！　第一機動部隊をポートモレスビーの応援に差し向けますか？」

ところが山本はすぐには答えない。その理由は山口にも理解できた。ハワイ作戦が間近に迫っているため、山本長官は味方機動部隊の兵力消耗を避けたいのだ。

第一機動部隊はすでにブラウン環礁へ進出しており、ポートモレスビーに応援を差し向けるとすれば角田中将に出撃を命じるしかないが、サンゴ海で米空母と一戦交えるとなれば、第一機動部隊は艦載機を必ず消耗してしまう。航空兵力をすり減らすのは必定で、そうなるとハワイ作戦は延期せざるをえない。

もちろん山口も第一機動部隊を応援に差し向けたくはないが、ポートモレスビーを見捨てるとなると味方の士気に関する。しかもハワイ作戦をひかえており、オアフ島を占領するにはどうしても陸軍の協力が欠かせない。

その陸軍からのたっての要請だから、これを黙殺するわけにもいかない。だとすれば、第一機動部隊を〝出す、出さない〟の判断は、これはもう山本長官の判断にゆだねるしかなかった。

山口は辛抱強く待ったが、山本も安易には口を開かない。

幕僚もみな、作戦室に集まっていたが、もちろんだれも口を開かない。

すると、瞑《つぶ》っていた目をにわかに開け、山本が山口に訊いてきた。

「第一機動部隊はすぐに出撃できるかね？」

山口は即答した。

「いえ、ブラウンでも飛行訓練を継続し航空隊を決して遊ばせぬよう伝えてありますので、訓練で消耗した分のガソリンや重油は、補充する必要があるでしょう」

「今すぐ出撃を命じたとしましても、第一機動部隊が実際にブラウンから出撃できるのは、明朝になるかと思われます」

山口がそう言及すると、山本はまずうなずいてみせたが、さらに質問をかさねた。

「それで第一機動部隊を出したとして、はたして間に合うかね?」

「……それはもう、出してみないことにはわかりませんが、第一機動部隊がサンゴ海へ到達するのに四日は掛かるでしょう」

山口の言うとおりだった。

ブラウン環礁からポートモレスビー沖のサンゴ海まではおよそ一六〇〇海里。往復すると距離は三〇〇〇海里を超えるため、第一機動部隊は極力重油を節約し、速力一八ノットで進軍する必要があった。

単純計算で約八九時間（三日+一七時間）の航程となり、到着に四日は掛かるとみておく必要がある。

「……早くてもサンゴ海への到着は一五日の朝になるでしょう」

山口がそう言及すると、これには山本も唸り声を上げた。首尾よく明日（一一日）・朝に出撃できたとしても到着は一五日になるが、重油の浪費を厭《いと》わず無理して一四日の朝に到着させようとすると、第一機動部隊は二二ノット以上の速力で走り続けることになる。やってやれないことはないだろうが、敵空母がすぐに見付かるとは限らず、戦いがもし長引けば、第一機動部隊は俄然、重油不足におちいる。しかも無理して一四日に到着させたとしても、それで〝間に合う〟という保証などどこにもなかった。

山本は頭のなかをいま一度よく整理し、おもむろに命じた。

「ラバウルから今すぐ飛行艇を出せ！　それで索敵をおこない、米空母の有無を確かめよう」

ところが、山本が作戦室へやって来る前に山口はすでに、ラバウルの飛行艇部隊に対して出撃を命じていた。

「はい。私もそう思い、ラバウルに命じたところです。もうまもなく、飛行艇六機がラバウルから飛び立つはずです」

山本は口を真一文字に結び、うなずいてみせたが、問題はやはり第一機動部隊に出撃を命じるかどうかだった。

再び沈黙がおとずれ、重苦しい空気が作戦室を支配したが、その沈黙を破って、山本がようやく口を開き、断を下した。

「第一機動部隊は出撃させる！　が、進軍速度は一八ノットとせよ！　まずは飛行艇からの報告を待ち、その上で必要とあらば、増速を命じるしかなかろう」

「賛成です！　念のため、補給部隊としてタンカー二隻と駆逐艦四隻を出し、第一機動部隊を追い掛けさせます」

山口が次いでそう進言すると、山本もこれにはうなずいてみせた。

そして、連合艦隊命令はまもなくブラウン碇泊中の「大鳳」に伝わったが、やはり第一機動部隊は、すぐには出撃できず、明朝〝午前八時ごろの出撃になる！〟との回答があった。

いっぽうラバウルでは、午前七時四五分ごろから二式飛行艇三機と九七式飛行艇三機が相次いで飛び立ち、サンゴ海の索敵に向かった。

とくに米空母の存在が予想される方角には二式飛行艇が索敵に向かったが、ポートモレスビーを飛び越えてその南方洋上へ達するには、六〇〇海里ほどの距離を飛ぶ必要がある。一六〇ノットの巡航速度で飛べる二式飛行艇でも四時間ちかくは掛かるにちがいなかった。

はたして、発進からおよそ三・九時間後の午前一一時四二分。二式飛行艇のうちの一機がポートモレスビーの南南東およそ二三〇海里の洋上に米空母数隻を発見したが、それは第三八機動部隊の高速空母ではなく、ポートモレスビーを午後から空襲しようとしていた第七艦隊のカサブランカ級護衛空母であった。

このとき肝心の米軍機動部隊は護衛空母群から東へ六〇海里ほど離れて行動しており、ポートモレスビー近海から離脱しようとしていた。

そして、第三八機動部隊の上空には九七式飛行艇が向かいつつあったが、同機は一二〇ノットの巡航速度で飛行しており、敵艦隊を発見するのがいかにも後れた。

午後零時五二分。ようやく接触に成功し『空母をふくむ敵艦隊を発見！』と報じたのはよかったが、直掩に当たっていたヘルキャットから次々と襲われ、同機は、第二報を発する直前にあえなく撃墜されてしまった。

そのため、連合艦隊司令部も詳細な情報がわからず、それが高速空母からなる〝米軍機動部隊である〟と特定するにはいたらなかった。

かたや、二式飛行艇は撃たれ強く、ワイルドキャットに悩まされながらも偵察し続け、ポートモレスビーの南南東洋上に『空母五、六隻からなる敵三群在り！』と報告していた。

しかも、二式飛行艇が発見した敵空母群は〝ポートモレスビーへ近づきつつある！〟というのだから、連合艦隊司令部としてはこちらの米艦隊を重視せざるをえなかった。

「ポートモレスビーに接近中の敵空母群を攻撃すべきとみます！　……第一機動部隊に二二ノット以上で進軍するよう命じますか⁉」

山口はそう訊いたが、山本は沈思黙考しておりすぐには答えようとしない。すると、作戦参謀の樋端久利雄大佐がにわかに口をはさんだ。

樋端はそれまで航空甲参謀を務めていたが、五月一日に大佐へ昇進、そのまま連合艦隊司令部に残って作戦参謀となっていた。

「第一機動部隊が戦うべき相手はエセックス級の大型空母です。これらは鈍足の護衛空母ではないでしょうか……」

これを聴いて山口もはっと思ったが、念のために訊き返した。

「たしかに、主力空母でなければ第一機動部隊で攻撃する意味はない。しかしなぜ、護衛空母だと言える？」

「いいえ。私も護衛空母だと言い切ることはできませんが、ポートモレスビーと敵艦隊との距離がいまだ二〇〇海里以上は離れております。午前中に攻撃して来た敵艦載機こそが機動部隊から発進して来たヤツで、敵は速度の遅い護衛空母に急ぎ北上を命じ、午後から二の矢を継ごうとしているのではないでしょうか……。私は〝音信を絶った九七式が報告して来た〟敵艦隊のほうが、よほど気になります。そちらにも空母がふくまれていたようですから……」

これは示唆に富む意見にちがいなかった。

山口も俄然、関心を示したが、もうひとつ腑《ふ》に落ちず、山口は念押しで訊いた。

「……なるほど。もう一方の敵艦隊は東へかなり離れて発見されたが、こちらが米軍機動部隊だというのだな?」

「はい。私はそう思います」

「どうしてだね?」

「今朝早くにポートモレスビーは敵艦載機から奇襲を受けました。それら敵機は〝どこから〟やって来たのでしょう?　ポートモレスビーへ向けて北上中の敵空母群は午後一時現在でも艦載機の攻撃圏内に基地をとらえておらず、ましてや朝を迎えた時点ではポートモレスビーからもっと離れていたはずです!」

これを訊いて山口もすっかり腑に落ちた。だがあまりの洞察力に返す言葉がない。


山口がすっかり感心しているので、樋端が口をつないだ。

「昨日も一式陸攻で索敵は実施していたはずですから、鈍足の敵空母なら昨日の段階で発見されていたはずです。しかし、敵は奇襲を成功させたのです!　ですから、米軍機動部隊が出て来たのはまちがいありません。敵主力空母が出て来たと考えたからこそ、私も第一機動部隊の出撃に反対しなかったのです。サンゴ海でエセックス級空母を仕留めることができれば、ハワイ作戦時に有利にはたらくでしょうから……」

樋端が言うとおり、早朝に奇襲を成功させた敵艦載機は現在北上中の敵空母群から発進したものではないと考えられる。なぜなら、それら敵空母群は午後一時現在でもポートモレスビーの二〇〇海里圏内に達していなかったからである。

「ああ、そのとおりだ」

山口が応じると、樋端はさらに説明した。

「それと、東へ離れて発見された敵艦隊の動きは どうみても不自然です。どちらへ向かおうとして いるのか知りませんが、奇襲に成功した敵機動部隊がポートモレスビー近海から離脱しようとして いるとみれば、すべて辻褄《つじつま》が合います」

「ふむ……。きみの言うとおりだ。不幸にして撃ち落とされた九七式は、東の敵艦隊にも〝空母がふくまれている〟と報告して来た！ ……奇襲に成功した米軍艦載機はこちらから飛び立ったのにちがいない」

「そうです。奇襲に成功した艦載機をすでに収容し、東へ高速で離脱しようとしているのだとみれば、一見、不自然に思われる敵艦隊の動きも、それですっかり説明が付きます」

「うむ。高速空母群だとすれば、おそらく、ハワイへもどろうとしているのだろう……」

山口がそうつぶやくと、これには樋端も深々とうなずいてみせた。

同様に大きくうなずくや、山口は、山本の方へ向きなおって進言した。

「長官。今、ポートモレスビーへ近づきつつある敵は、どうやら、速度に劣る護衛空母群のようです。もちろん推測の域を出ませんが、私も樋端の分析が正しいとみます。……東へ離脱しようとしている敵こそが米軍機動部隊で、これをいまさら追い掛けても捕まえることはできません。第一機動部隊の出撃を取り止めますか？」

ところが連合艦隊司令部は、第一機動部隊によるポートモレスビー救援をもはや全軍に布告してしまっていた。

第一機動部隊は『遅くとも九月一五日にはポートモレスビー近海へ達する！』との情報が軍中へすでに広まっており、守備隊はその来援を、首をながくして待っているのだった。

「……いや、二人の話はよくわかったが、第一機動部隊の出撃をいまさら取り止めるようなことはできない！　そんなことをすれば、味方の士気がガタ落ちとなるのは必定、連合艦隊の信用はまるつぶれだ！」

「し、しかし、ポートモレスビーよりもハワイのほうが重要なはずです！」

山口は思わず諫言《かんげん》したが、全軍をあずかる山本としては第一機動部隊の出撃を撤回するわけにはいかなかった。

「鈍足の護衛空母とはいえ、敵空母の大群がポートモレスビーへ迫りつつあるのだ！」

「そ、それはそうですが……」

山口はなおもくいさがろうとしたが、山本はそれを跳ね除けて言い切った。

「第一機動部隊は断じて出撃させる！　……ただし、きみたちの意見ももっともだ。第一機動部隊による反撃は一撃のみとし、敵・護衛空母群との戦いに決して深入りせぬよう、あらかじめ角田に申し伝えておく！」

なるほど、この辺りが手の打ちどころにちがいなく、山口もさすがにこれを聴いて、おとなしくうなずいたのである。

6

ポートモレスビーへ向けて北上中の敵はやはり護衛空母群であることが判明した。

隣接する索敵線を飛行していた二式飛行艇もほどなくして偵察に加わり、米空母はすべて鈍足の小型空母で、大型空母は一隻もふくまれていないということが確認されたのだった。

そして同機の報告により、一五隻以上の敵護衛空母が午後一時三〇分を期して、ポートモレスビーへ〝一斉に艦載機を発進させた〟ということがあきらかになった。

第七艦隊麾下《きか》のカサブランカ級護衛空母一八隻は、一〇日・午後一時三〇分の時点でようやくポートモレスビーの南南東・約二〇〇海里の洋上へ達したのであった。

いうまでもなく、第一機動部隊はこの時点ではいまだブラウンから出撃しておらず、連合艦隊司令部はラバウル航空隊に対して、正午には敵艦隊の攻撃を命じていた。

その命令に応じて、ラバウルからは零戦や一式陸攻などが次々と飛び立ち、敵護衛空母の攻撃に向かった。

ラバウルから飛び立った攻撃機の数は一五〇機を超えていたが、ポートモレスビーの南方洋上で作戦中の敵艦隊との距離は六〇〇海里ほど離れており、零戦でもさすがに航続力が足りない。そこで攻撃終了後は、零戦をブナもしくはラエ基地へ帰投させることにして、結局、午後一時には零戦六三機と一式陸攻九〇機が飛び立って、米艦隊の攻撃に向かったのだった。

はたして、ラバウル発進の零戦や陸攻は、午後四時四五分ごろに米艦隊上空へ達したが、遠距離攻撃のため敵艦のレーダー探知を避けることができず、上空では一八〇機ものワイルドキャットが待ち構えていた。

レーダーに誘導されたワイルドキャットは零戦や一式陸攻を次々と撃ち落し、米艦隊上空での空中戦はたっぷり三〇分以上も続いた。火だるまとなって落ちてゆくのは圧倒的に日本軍機のほうが多かったが、日本軍攻撃隊はグラマンの執拗な攻撃にも怯《ひる》まず、これでもか〝これでもかっ！〟と決死の突入を試みた。

そして、西の水平線上から太陽を背にして突入した一式陸攻の一隊がついにワイルドキャットの迎撃網を突破して、護衛空母「セント・ロー」に魚雷二本、護衛空母「ガンビア・ベイ」にも見事魚雷一本を命中させた。

ラバウル航空隊の練度は決して低くはなく、米軍戦闘機の迎撃網を突破しさえすれば、陸攻の搭乗員はみな、鈍足の護衛空母に魚雷を命中させるだけの技量をそなえていた。

魚雷二本を喰らった「セント・ロー」はまたたく間に轟沈《ごうちん》し、「ガンビア・ベイ」も防御力の脆《もろ》さを露呈して、まもなく沈没した。

ラバウル航空隊の猛攻を完全に阻止することはできなかったが、迎撃に臨んだワイルドキャットは二四機を失いながらも七〇機以上の日本軍機を撃墜していた。

対するラバウル航空隊は、出撃機の約半数を失い、撃墜をまぬがれた一式陸攻も被弾したものが多かった。そのため二〇機ちかくの陸攻がラバウルへ帰投できず、ブナ飛行場への着陸を余儀なくされた。

また、ラバウル航空隊はこの日のうちに艦爆や艦攻をブナ基地へ前進させており、その後も三日間にわたって第七艦隊の護衛空母群に空襲をくり返した。

そして護衛空母「オマニー・ベイ」に魚雷一本を命中させて撃沈し、同「キトカン・ベイ」にも爆弾一発を命中させてこれを大破したが、それが限界だった。

ラバウル航空隊は四日間に及ぶ攻撃でアメリカ第七艦隊の護衛空母三隻を撃沈、一隻を大破してみせたが、その戦果と引き換えに一八〇機以上の航空兵力を失っていた。

一四日・朝を迎えた時点で、ラバウルとその周辺基地に在《あ》る海軍航空兵力は一五〇機を下まわるまでに激減しており、それら残存機の多くも修理を必要としていた。

あまりの損害機数の多さに、連合艦隊司令部も作戦継続は〝不可能〟と判断し、この日、ラバウルの第一航空艦隊司令部に対して攻撃中止命令が出された。

このままではラバウル自体の防衛も危うくなると判断したためだが、たしかにそのとおりでラバウル航空隊の実働機は一四日の時点で一〇〇機を下まわっていた。

しかも、米軍のポートモレスビー上陸をすでにゆるしており、今後もニューギニア戦線では否応なく航空消耗戦を強いられると思われた。焦眉《しゅうび》の急《きゅう》を要するため、連合艦隊司令部はマーシャル展開中の第二航空艦隊から急遽、一〇〇機余りの航空兵力を引き抜いて、ラバウルの第一航空艦隊へ充当せざるをえなかった。

いっぽう、それよりさらに重要なのが第一機動部隊の処置だった。

角田中将の第一機動部隊は、九月一四日の朝を迎えた時点で、ブーゲンヴィル島近くのソロモン海まで軍を進めていた。

予定どおり一五日・朝にはポートモレスビーの東方洋上へ到達することになっていたが、一四日正午過ぎにポートモレスビー防衛の要となるジャクソン飛行場が海兵隊に占拠されてしまい、陸軍守備隊がイオリバイワ方面へ大きく後退し始めたことがわかった。

もはやこうなると、飛行場を奪い返すにはあらためて逆上陸作戦を実施するしかなく、ポートモレスビーの陥落は〝もはや時間の問題！〟とみた連合艦隊司令部は、陸軍および参謀本部に打診した上で、第一機動部隊にブラウンへの引き揚げを命じたのである。

なるほど、この判断は賢明だった。

首尾よく飛行場の制圧に成功した米軍は大勢が決したと判断し、夜のあいだに護衛空母群を一旦後方（南）へ下げていた。

一五日に第一機動部隊がサンゴ海へ踏み込んでいたとしても会敵できた可能性は低く、敵護衛空母群を捜しまわった挙げ句、それを結局、取り逃していた可能性が高い。結果的に第一機動部隊は重油を浪費せずに済み、途中洋上給油を一度だけ実施して、九月二〇日・午前中にブラウン環礁へもどって来た。

そして九月二〇日・夕刻には、周知のとおり戦艦「武蔵」以下、ハワイ作戦に参加する連合艦隊の全艦艇がブラウンで集結を終えたが、第一機動部隊が予定外の出撃を強いられ、ハワイ作戦用の重油が少し足りなくなっていた。

大作戦のため大事を取ってタンカー二隻をトラックから呼び寄せることにし、山本大将は「ハワイ攻略作戦」の発動を〝二日ほど後らせる！〟と全部隊に通達した。

その結果、当初二四日を予定していた連合艦隊のブラウン出撃が九月二六日に順延となり、オアフ島で指揮を執るニミッツ大将は、機動部隊の戦力強化を図るための、貴重な時間を得ていたのである。

決戦の時は刻一刻と近づいていた。

第六章　電撃のハワイ進軍

1

一一隻目のエセックス級空母「ベニントン」は八月六日に竣工した。

ニミッツ大将の督促に応じて「ベニントン」は異例の早さで習熟訓練を終え、九月四日にニューヨークのブルックリン工廠を出港、九月一四日にパナマ運河を通過して、九月二三日・午前七時にサンディエゴへ入港した。

空母「ベニントン」は積み残していた艦載機をノース・アイランド基地でまず受領し、当初は三日とされていたサンディエゴでの滞在期間を二日に短縮して、九月二五日・朝にはハワイへ向けて出港した。

いっぽう、ポートモレスビーを空襲した第三八機動部隊の高速空母七隻も、この日（二五日）の午後にはパールハーバーへ帰投する予定になっており、それをふまえた上で、参謀長のマクモリス少将がニミッツに進言した。

「長官。『ベニントン』は先ほどサンディエゴから出港しました。（一〇月）一日の午前中にはパールハーバーへ到着するはずです！」

まさにぎりぎりだが、これを聴いてニミッツもようやく安堵の表情を浮かべ、「ベニントン」も決戦に〝間に合う！〟と確信した。

機動部隊をふくむ日本軍の大艦隊がマーシャル諸島のエニウェトク（ブラウン）環礁で集結している、ということはすでにわかっていたが、敵艦隊が〝出撃した！〟という報告はいまだ入っていなかった。

ところが、まったく油断はできなかった。ニミッツがマクモリスから報告を受けたのは午前九時ごろのことだったが、それからおよそ三時間後の二五日・正午過ぎに、マーシャル北西海域で哨戒に当たっていた潜水艦「シルバーサイズ」が、日本の大艦隊が〝エニウェトク環礁から出撃しつつある！〟と報告して来たのだ。

報告を受けたハワイ・オアフ島の日付けはいまだ二五日だったが、二一時間の時差があるマーシャル現地時間では、それは二六日・午前九時過ぎのことだった。

日本軍哨戒機に発見され「シルバーサイズ」はまもなく潜航を余儀なくされた。そのため同艦からの報告は一度きりしかなかったが、この報告が正しいとすれば、日本の大艦隊は二六日の早朝を期して、いよいよエニウェトクから出撃したのにちがいなかった。

だとすると、「ベニントン」との競争になる。サンディエゴからオアフ島までの距離はおよそ二二六〇海里だが、エニウェトク環礁からオアフ島までの距離も二四〇〇海里ほどしか離れておらず、その差はわずか〝一四〇海里〟程度でしかなかった。しかも、「ベニントン」はパールハーバーで重油を補給する必要があるし、日本軍艦載機の攻撃半径は優に三〇〇海里を超える。日本軍機動部隊は、オアフ島の〝手前〟三〇〇海里付近から攻撃隊を出せるのだ。

――こりゃ、うかうかすると、「ベニントン」は給油の真っ最中に湾内で空襲を受けてしまうかもしれんぞ！

ニミッツはそう考えざるをえなかったが、「ベニントン」に有利な点もいくつかある。

敵は空前の大部隊で小回りが利かない上に、途中で一度は必ず給油を実施するはずだった。これに対して「ベニントン」は洋上給油をおこなう必要がなく、駆逐艦二隻を伴うだけの小部隊で、いざというときにはかなりの高速でハワイへ向かうことができるのだった。

さらに有利なことに、ハワイ諸島の前面にはジョンストン島が立ちふさがっている。同島発進の味方飛行艇が事前に必ず日本の大艦隊を発見するはずだが、日本軍は、「ベニントン」がハワイへ向かいつつあることを知らないはずだった。

とはいえ、急ぐに越したことはない。

「おい。『ベニントン』を一日早く到着させることはできないか？」

ニミッツがそう諮《はか》ると、マクモリスもその必要性を認めて即答した。

「わかりました。一五ノットでハワイへ向かわせる予定でしたが、敵がマーシャルから出撃して来たとなると、それほど悠長なことはいっておられません。『ベニントン』を一九ノットで、ハワイへ向かわせましょう。……それとパールハーバーへは入港させず、わが機動部隊をラハイナ泊地で待機させておき、『ベニントン』もそちらへ向かわせましょう。もちろんタンカー三隻も、ラハイナへ回しておきます」

「うむ。そうしてくれ。ラハイナで九月三〇日に集結すれば、『ベニントン』も間に合う！」

ニミッツはそう言ってうなずくや、マクモリスに作戦会議の招集を命じた。
そして、この日・午後には予定どおり第三八機動部隊がパールハーバーへ入港し、そのことを確認すると、ニミッツ大将はいよいよハワイ決戦にそなえて九月二五日付けでアメリカ太平洋艦隊の編制を一新した。

◎アメリカ太平洋艦隊
／司令長官　C・W・ニミッツ大将
同参謀長　C・H・マクモリス少将
（ハワイ・オアフ島／パールハーバー）

【第三艦隊】
／司令長官　W・F・ハルゼー大将
同参謀長　R・B・カーニー少将
戦艦「ニュージャージー」（第三空母群）

第三八機動部隊　J・S・マケイン中将直率
〔第一空母群〕　J・S・マケイン中将直率
・空母「ホーネットII」　搭載機一〇〇機
（戦闘機四〇、爆撃機二四、雷撃機三六）
・空母「タイコンデロガ」　搭載機一〇〇機
（戦闘機四〇、爆撃機二四、雷撃機三六）
・軽空「インディペンデンス」　搭載機三八機
（戦闘機二六、雷撃機一二）
重巡「バルチモア」「キャンベラII」
軽巡「モントピーリア」「ビロクシー」
駆逐艦一〇隻
〔第二空母群〕　G・F・ボーガン少将
・空母「ワスプII」　搭載機一〇〇機
（戦闘機四〇、爆撃機二四、雷撃機三六）
・空母「ベニントン」　搭載機一〇〇機
（戦闘機四〇、爆撃機二四、雷撃機三六）

・軽空「ラングレイ」　搭載機三八機
（戦闘機二六、雷撃機一二）
戦艦「アイオワ」
重巡「ボストン」「ルイスヴィル」
軽巡「バーミンガム」「コロンビア」
駆逐艦一〇隻
〔第三空母群〕Ｆ・Ｃ・シャーマン少将
・空母「フランクリン」　搭載機一〇〇機
（戦闘機四〇、爆撃機二四、雷撃機三六）
・軽空「バターン」　搭載機三八機
（戦闘機二六、雷撃機一二）
・軽空「カウペンス」　搭載機三八機
（戦闘機二六、雷撃機一二）
戦艦「ニュージャージー」
重巡「ミネアポリス」「ニューオリンズ」
軽巡「クリーヴランド」「サンタフェ」
駆逐艦一〇隻
〔第四空母群〕Ｒ・Ｅ・デヴィソン少将
・空母「ハンコック」　搭載機一〇〇機
（戦闘機四〇、爆撃機二四、雷撃機三六）
・軽空「キャボット」　搭載機三八機
（戦闘機二六、雷撃機一二）
・軽空「モントレイ」　搭載機三八機
（戦闘機二六、雷撃機一二）
軽巡「ヴィンセンスⅡ」「デンヴァー」
軽巡「サンディエゴ」「サンファン」
駆逐艦一〇隻
〔火力支援群〕Ｗ・Ａ・リー中将
戦艦「ワシントン」「ノースカロライナ」
戦艦「サウスダコタ」「インディアナ」
戦艦「マサチューセッツ」「アラバマ」
重巡「サンフランシスコ」「ボストン」

軽巡「ヒューストンII」「オークランド」
駆逐艦一〇隻
〔支援空母群〕　C・T・ダーギン少将
サンガモン級護空×三隻　　計一〇八機
（戦闘機二四、雷撃機一二）三六機×三
駆逐艦四隻

第三八機動部隊の航空兵力はF6Fヘルキャット戦闘機三九六機、SB2Cヘルダイヴァー急降下爆撃機一四四機、TBFアヴェンジャー雷撃機二八八機の計八二八機。

ヘルキャットには二〇機の夜戦型もふくまれており、空母「タイコンデロガ」「ベニントン」の二隻は夜戦型ヘルキャットを二機ずつ搭載し、それ以外のエセックス級空母四隻は夜戦型を四機ずつ搭載していた。

これまで高速機動部隊の空母は急降下爆撃機を多めに搭載していたが、二月の「マーシャル沖海戦」で、一〇〇〇ポンド爆弾による急降下爆撃では日本軍の装甲空母に致命傷をあたえることができない、ということがはっきりとした。

そこでアメリカ海軍は、今回、急降下爆撃機重視の編成を思い切って是正し、機動部隊の高速空母にもアヴェンジャー雷撃機を優先的に配備していた。

空母の魚雷積載量には限りがあるが、アヴェンジャーは雷撃だけでなくスキップ・ボミングにも使えるため、同機による攻撃で敵空母の喫水線下に損害をあたえて〝致命傷を負わせよう〟というのであった。

今回、アヴェンジャーの総搭載機数はヘルダイヴァーのちょうど二倍となっていた。

そして、「マーシャル沖海戦」で惨敗を喫したレイモンド・A・スプルーアンス中将は一旦、艦隊司令官の座を退くことになり、そのあとを受けて第三艦隊司令長官のウィリアム・F・ハルゼー大将がオアフ島へ呼びもどされて、高速機動部隊をあずかることになった。

また、先の空母決戦でマーク・A・ミッチャー少将が戦死してしまい、今回の再編で機動部隊指揮官にはキング大将子飼いのジョン・S・マケイン中将が就任することになった。部内の一部にはチャールズ・A・パウネル少将の復帰を望む声もあったが、パウネルに対する搭乗員の評価が芳しくなく、結局、マケインを機動部隊指揮官とすることで話が落ち着いた。

マケイン中将は八月に機動部隊指揮官に就任しており、その就任と同時に、第三艦隊の指揮下へ編入されて、高速空母群は「第三八機動部隊」と改称されていた。

いまだハワイには到着していないが、空母「ベニントン」も機動部隊の第二空母群に加えられている。「ベニントン」をふくめても第三八機動部隊の高速空母は大型空母六隻と軽空母六隻の計一二隻にすぎない。これは一八隻の艦隊用空母を擁する日本軍機動部隊の、六割七分程度の兵力でしかなかった。

空母の数ではあきらかに劣勢に立たされているが、本作戦では六隻のエセックス級空母すべてに一〇〇機の艦載機をほぼいっぱいに積み、艦載機数においては日本軍機動部隊の七割以上の兵力を確保していた。むろん正確な数字は知る由《よし》もないが、実際には〝八二八機対一一六〇機〟で日本の七一パーセントに達していたのだった。

洋上で指揮を執ることになったハルゼー大将は気合いたっぷりの表情で、さかんに葉巻を吹かしている。作戦会議にはむろんハルゼーも出席しており、かれの気性を良く知るニミッツは、ひとつだけ注意をあたえた。

「日本軍機動部隊をできるだけオアフ島に引き付けてから攻撃を仕掛けてもらいたい。……承知のとおりオアフ島には一〇〇〇機の陸海軍機が配備されているが、四〇〇海里圏内に敵機動部隊を引き入れてから叩くのが理想的だ。そうすれば重爆撃機だけでなく、中型のB25爆撃機やA20攻撃機なども攻撃に出すことができる。陸軍航空隊もスキップ・ボミングによる攻撃法をおよそ会得しており、これら二五〇機の陸軍中型爆撃機を戦いに参加させることができれば、わがほうにとってはこの上ない戦力となる」

ニミッツが説明したとおり、陸軍も先の交換条件を守り、この時点でオアフ島には一〇〇〇機もの航空兵力が配備されていた。

飛行艇七六機をふくむ海軍機がおよそ三〇〇機で、海軍機のうちの二〇〇機ちかくを海兵隊機が占めていた。

残る七〇〇機ほどが陸軍機だが、そのうちの約九〇機が四発の重爆撃機、約二五〇機が中型の爆撃機や攻撃機、そして陸軍機のうちの約三六〇機を戦闘機が占めていた。

陸軍戦闘機のうち最も数が多いのは相変わらずP40戦闘機だったが、そこには一〇〇機ちかくのP38戦闘機や五〇機以上のP51戦闘機、さらには三〇機以上のP47戦闘機もふくまれていた。

海兵隊のF6FやF4Fをふくめると、基地の戦闘機は四五〇機ちかくに達する。

ハルゼーとしても、オアフ島の航空兵力はむろん頼もしいかぎりだが、少し数が足りないように思われたので首をかしげた。

「はて、本当に一〇〇〇機も在りますか？」

「ああ。明日、明後日には本土からＢ24が一六機ずつ飛んで来るし、二八日にはボーグ級護衛空母二隻で追加の陸軍戦闘機が七〇機ほど輸送されて来る。だから月内に一〇〇〇機となるのはまちがいない」

　ニミッツが太鼓判を押すと、ハルゼーもすべての説明に納得し、太平洋艦隊司令部の迎撃方針にすっかりうなずいたのである。

　実際、ボーグ級護衛空母二隻「バーンズ」「ブレトン」によって、Ｐ47サンダーボルト戦闘機とＰ51ムスタング戦闘機三六機ずつが、二八日までに運ばれて来ることになっていた。

2

　山本五十六大将は予定より二日後れて九月二六日に「ハワイ攻略作戦」を発動。それはハワイ時間で二五日のことだったが、現地時間の午前七時を期して連合艦隊の各作戦部隊は順次、ブラウン環礁から出撃した。

　機動部隊の先陣を切って出撃した大西中将の第二機動部隊は、午前九時過ぎに米潜水艦の接触を受けたが、基地から事前に飛び立っていた第二航空艦隊の哨戒機が嵩《かさ》にかかって対潜爆弾を投じると、敵潜水艦は恐れを成して潜航し、第二機動部隊は事なきを得た。

　いうまでもなく、大西部隊に接触して来たのは米潜水艦「シルバーサイズ」だった。

敵潜水艦を無事やり過ごし、まもなく陣形をととのえると、第二機動部隊は他部隊の出撃を待つことなく針路を北東へ向けた。

めざすはオアフ島ではない。第二機動部隊には特別な任務が課せられていた。

まずはミッドウェイを空襲し、米軍機動部隊を真珠湾からおびき出そうというのだ。敵がこの誘いに乗って来るかどうかはわからないが、米軍機動部隊がもし出て来れば、オアフ島の敵航空隊から邪魔を受けずに、ミッドウェイ近海で米空母を始末できる。

米空母を一網打尽にするため第一、第三機動部隊は東北東の針路でハワイをめざし、ミッドウェイ環礁の南南東沖で敵艦隊を待ち伏せすることになっていた。そこで〝米軍機動部隊に不意打ちを喰らわせよう！〟というのだ。

ミッドウェイ攻撃の任務をおびた第二機動部隊は速力一八ノットで軍を進め、途中で一度だけ給油を実施して、二七日・午後七時（以後はすべてハワイ時間）の時点でミッドウェイの南西およそ六五五海里の洋上へ達していた。

「さあ、ここからが勝負だ！」

午後七時一七分には日没を迎えるが、これからいよいよミッドウェイの哨戒圏内に突入する。第二機動部隊はいまだ敵機の接触をゆるしていなかったが、午後七時五〇分ごろまでは薄暮が続くため、大西が気合いを入れなおしたように、まさにこれからが勝負だった。

午後七時一八分。日没時刻を過ぎると、第二機動部隊はまず、タンカー二隻と駆逐艦四隻を後方へ分離して、大西中将は部隊の進軍速度を一気に二八ノットへ引き上げた。

後方の補給部隊に駆逐艦四隻を残したので、大西本隊の艦艇数はこれでちょうど二〇隻となっている。大型空母三隻、軽空母三隻、戦艦二隻、巡洋艦四隻、駆逐艦八隻の計二〇隻だが、本隊の艦艇数をしぼり、夜間の高速航行を可能にしようというのであった。

進軍速度を二八ノットへ引き上げるや、陣形をあらため、軽巡「能代」を先頭に二〇隻の艦艇が一本棒となって連なってゆく。

各艦の間隔を八〇〇メートルに執り、大西中将の将旗を掲げる「玄龍」は、その九番手で疾走し始めた。同じく重装甲空母「亢龍」「昇龍」がその後方へ続き、旗艦「玄龍」の前を三隻の重巡が疾走している。そして大型空母三隻の後方へ三隻の軽空母と金剛型戦艦二隻が続き、四隻の駆逐艦がしんがりとなってさらに続いていた。

「落伍艦はいません。『千歳』『千代田』もしっかりと続いております！」

軽空母二隻は最大でも二八・九ノットの速力しか発揮できないため、参謀長の大林末雄少将がとくに〝名指し〟でそう告げると、大西は、不敵な表情でこれにうなずいた。

太陽はすでに水平線下へ没し、空に残光が残るのみとなっている。波は決して低くはないが、「玄龍」以下の艦艇二〇隻は波浪をものともせず、高速でミッドウェイ沖をめざした。

まもなく午後七時三〇分を過ぎると、いよいよ暗闇が迫り、『各艦、適宜探照灯を照射せよ！』の信号が発せられた。

旗艦「玄龍」以下の全艦艇がすでに対空レーダーを装備していたが、敵機が近づいて来るような気配はまったくない。

そして、午後七時五〇分には夜のとばりが洋上を包み、漆黒の闇が辺りをすっかり覆った。

その闇にまぎれ、第二機動部隊はなおも疾走してゆく。この時点でミッドウェイ島までの距離はおよそ六三〇海里となっていた。

「天祐だ……」

大林参謀長がそうつぶやくと、大西長官は目をほそめ、しかとうなずいてみせた。

しかし、先はまだ長い。

艦の動揺が激しく、とくに各艦長は一時も気を抜けなかった。

エンジンの重低音のみがぶきみに響く。

たっぷり四時間以上が経ち、日付けが変わって二八日の午前零時を迎えた。全艦艇に異常はなく第二機動部隊は一五分後にミッドウェイ島の南西およそ五一〇海里の洋上へ達した。

「あと四時間です!」

大林がそう告げると、大西は〝ようやくまだ半分か……〟と思い目をまるくしたが、決して口には出さずしずかにうなずいてみせた。

大林が告げたとおり六隻の母艦は二八日の午前四時一五分を期して、ミッドウェイの敵飛行場へ向け、攻撃隊を出すことになっていた。

落伍艦は一隻もなく、米側に気づかれた様子もまったくない。ミッドウェイまでの距離はすでに五〇〇海里を切っていたが、潜水艦に接触されたような気配もなかった。

午前二時四五分になると〝搭乗員起こし!〟の号令が掛かり、空母六隻の艦上に続々と攻撃機が並べられていった。しぶきが容赦なく飛行甲板まで噴き上げ、とくに軽空母の整備員はみな、機をつなぎ止めるのに懸命だった。

そして、いよいよその時が来た。

午前四時一五分。第二機動部隊は速力二八ノットでたっぷり九時間ほど疾走し続け、今ようやくミッドウェイ島の南西およそ四〇〇海里の洋上へ達した。

第一波の攻撃機がエンジンを噴かし、飛行甲板で勢ぞろいしている。六隻の母艦は一斉に艦首を風上に立て二八ノットで疾走を続けた。

攻撃距離は四〇〇海里に及び天山の航続力をもってしてもぎりぎりだ。そのため第二機動部隊は攻撃隊発進後も三〇〇海里付近まで軍を近づけてゆく必要がある。

米軍機動部隊を誘い出す目的があるため、第二機動部隊はその行動をあえて敵に晒《さら》してもよさそうなものだが、ミッドウェイ飛行場にどれほどの敵機が配備されているのかわからない。

意外に多くの敵機が配備されていると、反撃を喰らって厄介なことになりそうなので、大西瀧治郎はやはり奇襲を期すことにした。

大西中将の出撃命令に応じて各艦長が発進を命じるや、六空母の艦上から先頭の紫電改が一斉に発進を開始した。

夜間発進のため、飛行甲板はいずれも探照灯で煌々《こうこう》と照らされている。

第一波攻撃隊の兵力は紫電改五四機、彗星五四機、天山二七機の計一三五機。

玄龍型重装甲空母三隻からそれぞれ、紫電改九機、彗星一八機ずつが飛び立ち、軽空母三隻からそれぞれ、紫電改九機、天山九機ずつが発進してゆく。

四〇〇海里もの遠距離攻撃となるため、紫電改は全機が増槽を装備していた。

また、攻撃隊は低高度で進撃し敵のレーダー探知を避ける必要がある。玄龍型空母三隻の艦上では、彗星の全機が航続距離を延ばすために二五〇キロブラム爆弾一発だけの装備で我慢し、軽空母三隻の艦上でも、前列に並ぶ六機の天山が二五〇キログラム爆弾二発ずつを装備して出撃してゆくことになった。

通常五〇〇キログラム爆弾を基地攻撃に用いることはなく、彗星の全機が二五〇キログラム爆弾一発のみを装備し、天山は一八機が二五〇キログラム爆弾二発ずつを装備して、残る九機が八〇〇キログラム爆弾一発ずつを装備していた。

玄龍型空母から二七機ずつが飛び立ち、発進は一二分ほどで終わった。第一波攻撃隊の全機が午前四時二七分には発進に成功し、まもなくミッドウェイ上空をめざして進撃して行った。

それを見届け、空母六隻はようやく二〇ノットまで減速し、すぐさま第二波攻撃隊の準備に執り掛かった。そして一時間後には、第二波攻撃隊の発進準備もととのい、第二機動部隊はその時点でミッドウェイの南西およそ三八〇海里の洋上まで前進していた。

午前五時一五分。大西中将が大きくうなずいて出撃を命じると、第二波の攻撃機もまた、次々と発進を開始した。

今度は、軽空母三隻からそれぞれ紫電改九機ずつが飛び立ち、玄龍型空母三隻からそれぞれ、紫電改六機、彗星九機、天山一八機ずつが発進してゆく。第二波攻撃隊の兵力は紫電改四五機、彗星二七機、天山五四機の計一二六機。

いまだ距離が遠く、第二波の紫電改もまた、全機が増槽を装備していた。

そして、彗星は全機が二五〇キログラム爆弾を装備し、天山のうちの一八機が二五〇キログラム爆弾二発ずつを装備、残る三六機が八〇〇キログラム爆弾を装備していた。

玄龍型空母は攻撃機を三三機ずつ発進させたので、発進作業には一五分を要した。

空はなお暗いが、第二波攻撃隊も探照灯の助けを借りて、午前五時三〇分にはその全機が上空へ舞い上がったのである。

大西中将は念のため六六機の紫電改を防空用に残しておいたが、その後も速力二四ノットでミッドウェイ島へ軍を近づけて行った。

3

ミッドウェイ基地はいまだ眠りのなかにいた。

昨日も二八機のカタリナ飛行艇で二段索敵をおこない、ミッドウェイの六五〇海里圏内をくまなく捜索していたが、日本の艦隊を発見するようなことはなかった。

昨日、第一段索敵に出た飛行艇は午後零時三〇分ごろに各索敵線を折り返し、第二段索敵の飛行艇も午後四時三〇分ごろには索敵線を折り返していた。日本の艦隊を発見するとすれば第二段索敵に出た飛行艇だったが、午後四時三〇分の時点で大西中将の率いる第二機動部隊はいまだミッドウェイ島の南西・七〇〇海里付近に到達したばかりであった。索敵機の航続距離が五〇海里ほど足りず、ミッドウェイ航空隊は日本軍機動部隊をあえなく取り逃していた。

いや、敵機の索敵を避けただけでなく、大西は米側の常識をまんまとくつがえしていた。

日本の大艦隊がマーシャルから出撃したという情報は、ミッドウェイ基地司令官にもきっちりと伝えられており、ミッドウェイが〝攻撃を受ける可能性もある！〟と考えたかれは、飛行艇部隊に二段索敵を命じたばかりでなく、味方潜水艦三隻をミッドウェイの南西沖で抜かりなく哨戒任務に就かせていた。

かれは過去の戦訓から、日本の空母は攻撃対象とする基地の〝二五〇〜三〇〇海里ほど手前で攻撃隊を発進させて来る〟と予想し、三隻の潜水艦に対してミッドウェイの南西・三〇〇海里付近で哨戒線を張るように命じていた。

ところが、奇襲をもくろむ大西中将は、米軍司令官の予想をまんまとくつがえし、あえて四〇〇海里の遠方から攻撃隊を放ち、常識破りの戦法にうって出たのだった。

はたして、第一波攻撃隊がミッドウェイ上空へ達したのは午前六時四二分のことだった。

基地の対空見張り用レーダーはその約一〇分前に日本軍機の接近をとらえ、それから一分と経たずして当直将校が空襲警報を発令したが、まるで手後れだった。

さらにこの日も、薄明を迎える一五分前の午前六時三〇分ごろから一六機のカタリナ飛行艇が相次いで索敵に飛び立っていたが、第一波攻撃隊とすれ違ったそのうちの一機が、基地に〝敵機接近中！〟と知らせたのも空襲警報が発令されたのとほぼ同時刻だった。

けたたましいサイレン音が突如として島中に鳴りひびき、米軍司令官は大あわてで戦闘機を発進させようとしたが、多くの搭乗員がいまだ起きておらず、すっかり後手にまわされた。

日本軍攻撃隊が進入して来たのは周知のとおり午前六時四二分ごろだったが、それはハワイ・ホノルル時間での時刻であり、一時間の時差があるミッドウェイ現地時間では午前五時四二分ごろのことだった。

索敵を任務とするサンド島の飛行艇搭乗員に限っては特別に早く起きていたが、昨日の索敵でも日本の艦隊を発見しなかった。そのためイースタン島の飛行場に駐機する戦闘機や爆撃機の搭乗員に対しては平常どおりの起床しか義務付けられていなかった。

ほとんどの戦闘機パイロットがいまだ起床しておらず、迎撃に飛び立つことのできた米軍戦闘機は結局一機もなかった。しかも、地上ではいまだ薄明を迎えておらず、ミッドウェイ基地は依然として暗がりのなかに在った。

多くのパイロットが寝ていたのは無理もなかったが、第一波攻撃隊はその寝込みを襲った。ミッドウェイの日の出時刻は午前七時一九分（ハワイ時間）で午前六時四五分ごろに薄明を迎えようとしていたが、そのおよそ三分前に日本軍機が早くも空襲を開始したのだからたまらない。

地上の暗がりに反して高度三〇〇〇メートルの上空では、すでに午前六時三六分ごろから明るみが差しており、第一波攻撃隊は一抹の不安をかかえながらもミッドウェイ上空へたどり着くことができた。

じつは、日本軍攻撃隊は追い風を受けて飛んでおり、ミッドウェイ上空へ到達したのが予定より三分ほど早かった。そのため高度を上げてもすぐにはめざす島影を確認できず、しばらくは不安な状態が続いていた。

暗闇のなかを直進し続けるしかなかったが、午前六時三六分にようやく視界が開けてミッドウェイの敵飛行場を目視することができ、少し早いが第一波攻撃隊は午前六時四二分に攻撃を開始したのである。

米軍パイロットが発進命令を受け、あわてて兵舎から飛び出したときにはもう、空をうめ尽くすほどの日本軍機がかれらの頭上を好き勝手に飛びまわっていた。

滑走路に居並ぶ機体が次々と爆撃を受け、米軍戦闘機のパイロットは発進をあきらめて防空壕へ退避するしかなかった。

基地の兵員は対空砲に取り付く暇もなく、爆撃機などもことごとく破壊されてゆく。一旦空襲がおさまると、その間隙《かんげき》を突いて紫電改がすかさず低空へ舞い下り、機銃掃射を加えていった。

二〇ミリの機銃掃射は効果覿面《てきめん》でアヴェンジャーやドーントレスなどがたちまち火を噴き粉砕されてゆく。そして、紫電改が上空を制圧しているあいだに二五〇キログラム爆弾を装備した天山が二度目の爆撃を開始した。

滑走路にはすでに八〇〇キログラム爆弾による穴がいくつも開いており、一機も飛び立つことができない。そこへダメ押しの二五〇キログラム爆弾が立て続けに命中し、イースタン島の飛行場はすっかり寸断された。

結局、第一波攻撃隊による空襲は四〇分ちかくも続き、七時一五分を過ぎてもなお、紫電改が機銃掃射を続けていた。

その間、第一波攻撃隊の失った攻撃機は、紫電改三機、彗星四機、天山一機のわずか八機にすぎなかった。

すべて対空砲火で落とされたものだったが、午前七時二〇分にはようやく空襲がおさまり、上空をすっかり支配していた日本軍機がウソのように引き揚げて行った。

ところが、その一三分後には、早くも新手の日本軍機が上空へ進入して来たのだから米兵はたまらない。滑走路を復旧するいとまもなく命からがら逃げもどり、もう一度、防空壕へ退避するしかなかった。

午前七時三〇分過ぎにミッドウェイ上空へ来襲したのは、いうまでもなく大西中将の放った第二波攻撃隊だった。

九月二八日の時点で、ミッドウェイ基地には飛行艇もふくめて全部で一二〇機余りが配備されていたが、その多くが海兵隊機で陸軍機はかぞえるほどしかなかった。

洋上飛行に不慣れな陸軍戦闘機はミッドウェイではとくに使いづらく、ハワイ防衛上の観点からも〝オアフ島へ集中的に配備する〟という方針が採られていた。

そのため、専《もっぱ》ら海兵隊機がミッドウェイ基地の防衛に当たっていたが、第一波攻撃隊の空襲ですでに九〇機以上が撃破されており、そこへさらに第二波攻撃隊から空襲を受けて、第二段索敵用に残されていたサンド島の飛行艇などもことごとく破壊されてしまった。

これでミッドウェイの飛行可能な米軍機は、空襲を受ける直前にサンド島の泊地から飛び立っていた第一段索敵の飛行艇のみとなってしまい、陸軍から貸与されていた四機のB24爆撃機もイースタン島の滑走路上で激しく燃え上がり、朽ち果てていた。

第二波攻撃隊の空襲も三〇分ちかくにわたって続き、島のいたるところから黒煙が幾筋も昇っている。砲台や指揮所、サンド島のレーダー基地も破壊され、燃料タンクや発電所にも八〇〇キログラム爆弾が命中して、手の付けられない状態となっていた。

さらに、滑走路は穴だらけで機の残骸が無数に飛び散り、飛行場復旧に必要な重機なども横倒しとなって壊されていた。

——徹底的だ！　これだけ破壊しておけば、さしもの米軍といえども、飛行場を再び使える状態へもどすのに一週間は掛かるだろう……。

第二波攻撃隊を率いて出撃していた亢龍飛行隊長の岩見《いわみ》丈三《じょうぞう》少佐はそう確信し、再度、ミッドウェイ上空を大きく旋回してから、午前八時五分に引き揚げを命じたのである。

第二波攻撃隊の失った攻撃機もまた、彗星、天山二機ずつのわずか四機にすぎなかった。

4

第一波攻撃隊は午前九時ごろから第二機動部隊の上空へ帰投し始め、母艦六隻はその収容を午前九時二〇分に終えた。

その時点で第二機動部隊はミッドウェイ環礁の南西およそ二九五海里の洋上まで軍を進めていたが、続いて第二波の攻撃機も午前九時三五分ごろから順次帰投し始め、第二機動部隊は午前一〇時には第二波攻撃隊の収容も完了した。

第二機動部隊によるミッドウェイ攻撃は奇襲となって見事に成功した。未帰還となった攻撃機はわずか一二機にすぎない。

未帰還機の少なさが〝奇襲に成功した〟という事実をなにより証明していた。岩見隊長の報告などから総合的に判断して、大西中将は〝第二撃の必要なし！〟とみて、部隊の針路をやがてミッドウェイの南南東へ向けた。

米軍機動部隊が誘いに乗ってハワイから出撃して来るかどうか、それはわからないが、第一、第三機動部隊となるべく早めに合同しておこうというのである。

しかし、ミッドウェイから離れすぎるのもよくない。第二機動部隊の後方には「山城」「扶桑」を基幹とする志摩清英中将の第二支援部隊が続いており、奇襲が成功した場合には九月二九日の夜明けを期して、ミッドウェイ島へ海軍陸戦隊（設営隊をふくめて約六〇〇〇名）を上陸させることになっていた。

志摩部隊にも護衛空母三隻が付いているが、ミッドウェイの敵航空隊が迅速な立ち直りをみせた場合には、第二機動部隊の艦載機でもう一度ミッドウェイを空襲し、上陸作戦を支援してやる必要がある。

とはいえ、護衛空母三隻の航空兵力も八〇機を超えており、ミッドウェイ米軍航空隊は今、壊滅状態にあるので、おそらくその必要はないだろうと思われた。

いっぽう、第二機動部隊が攻撃隊の収容を完了した二八日・午前一〇時の時点で、第一、第三機動部隊はミッドウェイ環礁の南南西およそ四三〇海里の洋上まで軍を進めていた。

いや、それだけではない。第一、第三機動部隊のすぐ後には、「武蔵」「大和」や第一支援部隊の艦艇なども続いていた。

奇襲〝成功！〟の知らせは当然、連合艦隊の旗艦・戦艦「武蔵」にも届いており、報告を受けて参謀長の山口中将は、情報参謀の中島親孝《ちかたか》中佐に諮《はか》った。

「米軍機動部隊がハワイから出撃した兆候はあるかね？」

山口がそう訊いたのはハワイ時間で午前一〇時過ぎのことだったが、中島は即答した。

「いえ、朝から敵信を傍受しておりますが、そうした兆候はまだありません！　オアフ島近海ではわが潜水艦部隊も張り込んでおりますが、そちらからもいまだ報告はございません」

すると山口は、これに〝うむ〟とうなずき、あらためて中島に指示をあたえた。

「引き続き敵の動きに目を光らせ、出撃の兆候があれば、すぐに知らせてもらおう」

中島はむろんうなずいたが、午後になっても敵機動部隊がハワイから出撃したような兆候はいっこうにみられなかった。

第六艦隊の味方潜水艦二〇隻以上がオアフ島を取り囲むようにして、三日前から哨戒任務に就いており、敵艦隊が真珠湾から出撃すれば、それら潜水艦から必ず報告が入るはずだった。

しかし、午後二時を過ぎても敵艦隊出撃の兆候はまったくなく、山口はついに意を決して、山本長官に進言した。

「長官。米軍機動部隊はどうやらミッドウェイの救援をあきらめ、オアフ島を盾《たて》にしてわれわれに決戦を挑むつもりのようです。……敵がそう来るなら、ここは第三機動部隊に進撃を命じ、ジョンストンを徹底的に空襲して、飛行場を無力化しておきましょう」

じつは旗艦「武蔵」や第一、第三機動部隊などは、この日（二八日）・午後二時過ぎの時点でジョンストン島の北西およそ七〇〇海里の洋上へ達していた。このまま東北東の針路でハワイへ向けて航行し続ければ、どの道ジョンストンの敵哨戒圏内へ突入することになる。そのため山本も即座に山口の進言にうなずいた。

「よかろう。第三機動部隊に進撃を命じ、ジョンストンを空襲したまえ！」

これで第三機動部隊は独り、針路を東北東から南東へ変更し、ジョンストンへ迫ってゆくことになるが、第一機動部隊や「武蔵」以下の残る艦艇は引き続き東北東の針路を維持し、夜のあいだにミッドウェイの南南東洋上で第二機動部隊と合同しておくことになった。もちろん米軍機動部隊の出撃にそなえようというのだ。

武蔵司令部からの命令を受け、松永中将の第三機動部隊は午後二時一五分を期して部隊の針路を南東に取り、速力二六ノットで一路ジョンストン沖をめざして進撃し始めた。

昼間なので本来ならもうすこし速度を上げたいところだが、軽空母「龍鳳」は二六・五ノットの速力しか発揮できないため、その速力に合わせて航行するしかなかった。

松永中将は巨大装甲空母「信濃」に将旗を掲げている。第三機動部隊もまた、奇襲を企図してジョンストン沖をめざしていたが、米軍もそう甘くはなかった。

進撃を開始してから二時間余りが経過した午後四時二四分。第三機動部隊は、あえなくＰＢＹ飛行艇の接触をゆるしてしまい、その行動を米側に暴露した。

その時点で第三機動部隊はジョンストン島の北西およそ六四五海里の洋上へ達していたが、この日・朝早くにミッドウェイが空襲を受け、米軍も躍起になって日本軍機動部隊を捜しまわっていたのだった。

第三機動部隊が敵飛行艇の接触を受けたことはまもなく「武蔵」の連合艦隊司令部にも報告されたが、それでもなお、米軍機動部隊がハワイから出撃した様子はなかった。

「敵さん、どうやらジョンストンも見捨てるつもりだな……」

山口がそうつぶやくと、作戦参謀の樋端がこれに応じた。

「オアフ島にはかなりの敵機が配備されているのでしょう。敵機動部隊はハワイ近海でわれわれを待ち伏せする肚《はら》のようです」

そして午後六時四四分に日没を迎え、午後七時一五分ごろには薄暮も終わって、第三機動部隊はすっかり夜陰にまぎれた。

その時点で第三機動部隊はジョンストン島の北西およそ五七〇海里の洋上に達しており、松永中将は陣形を維持したまま、部隊の進軍速度を二六ノットから二四ノットに低下させた。

依然として米軍機動部隊が真珠湾から出撃した気配はなく、米空母群がジョンストン方面に現れる可能性は低いが、今や奇襲が不可能となり、無理に高速航行をする必要はない。

けれども万一、敵機動部隊が現れると厄介なことになるので、松永中将はやはり夜明けと同時にジョンストンを空襲し、米軍機動部隊との挟撃を避けるため、敵飛行場を朝一番で無力化しておくことにした。

その後も第三機動部隊は速力二四ノットで航行し続け、ハワイ時間で二九日の午前四時一五分にジョンストン島の北西およそ三五五海里の洋上へ達した。

旗艦「信濃」以下、空母六隻の艦上ではすでに第一波攻撃隊が発進準備を終えており、松永中将が出撃を命じるや、母艦六隻は風上へ向けて疾走し、紫電改が一斉に発艦を開始した。

第一波攻撃隊は紫電改五四機、彗星三六機、天山五四機の計一四四機が午前四時三〇分までに飛び立ち、続いて午前五時三〇分には、第二波攻撃隊の紫電改四五機、彗星二七機、天山三六機の計一〇八機も発進を完了した。

はたして、ジョンストン米軍航空隊は、日本軍機の来襲を予期しており、さすがにミッドウェイ航空隊の轍《てつ》を踏まなかった。

薄明を迎える二時間前の午前四時一五分にジョンストンの泊地からカタリナ飛行艇一六機が飛び立っており、そのうちの一機が日本軍・第一波攻撃隊とすれちがって午前五時三八分に〝敵機多数がジョンストンへ向かう！〟と通報。第一波攻撃隊がジョンストン上空へ進入して来るまでのあいだに、すべての米軍戦闘機が迎撃に舞い上がっていた。

それはよかったが、ミッドウェイより手狭なジョンストンの飛行場には海兵隊のワイルドキャットが三二機しか配備されておらず、新型のヘルキャットは一機も存在しなかった。第一波の攻撃は強襲となり、基地上空では〝ワイルドキャット対紫電改〟の空中戦がはじめて展開されたが、もはや旧式化していたワイルドキャットでは紫電改にまったく歯が立たなかった。

数的にもワイルドキャットは〝三二対五四〟と紫電改に圧倒されており、米軍戦闘機隊は紫電改五機、彗星二機、天山四機の計一一機を撃墜してみせたが、それと引き換えに二九機ものワイルドキャットを失い、紫電改から強烈なしっぺ返しを喰らった。

そして紫電改の追撃から逃れた三機も、爆撃で大破した飛行場へ着陸することができず、機体を大きく破損して、結局、すべてのワイルドキャットが失われたのである。

5

二波にわたる日本軍艦載機の攻撃で一八〇発以上の爆弾を喰らい、ジョンストンの米軍飛行場は跡形もないほどに破壊された。

空襲が予想されたので昨日まで泊地で碇泊していた水上機母艦「カリタック」は夜のあいだにハワイ方面へ退避しており、日本軍艦載機の空襲をまぬがれた。

ジョンストンの飛行場を復旧するにはオアフ島から工兵部隊を派遣せねばならず、太平洋艦隊司令部は同島を一時〝放棄する！〟と決めた。そして日本軍機の空襲が終わり、二九日の夜を迎えると、「カリタック」とともに退避していたカタリナ飛行艇六機がジョンストンへ救助に向かい、潜水艦二隻と協力して、空襲を受ける前に索敵に飛び立っていた飛行艇の乗員や基地の兵員を収容してジョンストン島を後にした。

三〇日・朝に第三機動部隊の愛宕型重巡三隻が砲撃に向かうと、島上にうごめく人影はなく、ジョンストン基地はもぬけの殻となっていた。

いっぽう、ミッドウェイ環礁には二九日の午前九時を期して海軍陸戦隊が上陸作戦を決行、三日間の激戦の末に米軍守備隊が降伏して、帝国海軍は、一〇月二日・正午にミッドウェイ島の占領に成功することになる。

ミッドウェイ島に日本兵が上陸してもなお、同島を救援するために米軍機動部隊が出撃して来るようなことはなかった。

第一機動部隊と第二機動部隊は二九日・夕刻にミッドウェイ島とジョンストン島とのほぼ中間地点（A点）で合同を果たし、米軍機動部隊の出現にそなえたが、索敵機を放っても敵艦を発見することはなかった。

その間も松永中将はジョンストン島に軍を近づけ、島を砲撃した重巡三隻は三〇日の正午過ぎに第三機動部隊へ復帰した。

ところで、第一、第二機動部隊が合同を果たした「A点」は、オアフ島の西（微北）八五〇海里の洋上に位置しており、ジョンストン島、ミッドウェイ島までの距離はほぼ等しく四一五海里ほど離れていた。

合同を果たす前に第二機動部隊の二式艦偵一〇機が四五〇海里の距離を進出し、オアフ島方面を捜索したが、敵艦隊を発見せず、索敵は空振りに終わった。そして合同を果たした二九日・夕刻の時点で、第一、第二機動部隊と第三機動部隊との距離は一八〇海里ほど離れていた。

第三機動部隊はジョンストン島の北北西およそ二四五海里の洋上でしばらく遊弋《ゆうよく》していたが、米軍機動部隊が出て来る公算はないとみて、松永中将はジョンストン島へさらに軍を近づけて行ったのだった。

むろん米軍機動部隊に出撃の兆候があれば三つの機動部隊はただちに合同し、これと戦うつもりでいたが、結局、三〇日の朝になっても索敵機は米軍機動部隊を発見しなかった。

それもそのはず。第三八機動部隊は空母「ベニントン」と合同するために、ハルゼー大将に率いられて夜のあいだにパールハーバーから出港しており、三〇日・早朝にはラハイナ泊地へ到着していた。

それらハルゼー大将麾下《きか》の米艦艇は、オアフ島やモロカイ島の南岸に沿いつつ、夜陰にまぎれてひそかに移動しており、日本軍潜水艦の哨戒網をまんまとすり抜け、ラハイナ泊地へ移動していたのであった。

いっぽうそのころ、ミッドウェイ島上の戦いは激戦の様相を呈し始めていた。

味方陸戦隊の苦戦が伝えられたため、第一機動部隊と第二機動部隊は急ぎ北上し、三〇日の午前中に攻撃隊を放って、もう一度ミッドウェイ島を空襲した。

三〇〇機以上の日本軍艦載機から猛烈な爆撃を受け、ミッドウェイ米軍守備隊もいよいよ戦意を喪失。一〇月一日・午後二時にはサンド島がまず陥落し、イースタン島の守備隊も二日・正午には白旗を掲げて投降した。

帝国海軍は、二年四ヵ月前に煮え湯を飲まされた、鬼門ともいえるミッドウェイ島の占領に、ついに成功したのであった。

そして第一、第二、第三機動部隊は、日付けが変わった一〇月一日・午前零時三〇分に、ミッドウェイ島とジョンストン島の中間地点「A点」ですっかり合同を果たした。

漆黒の闇が周囲を覆い、ぶきみなほど波は静かだった。

「A点」で遊弋しながらまる一日掛けて全艦艇が重油の補給をおこない、そのときに、第一、第二機動部隊はミッドウェイ空襲で消耗した艦載機の補充を大鷹型護衛空母三隻から受け、第三機動部隊はジョンストン空襲で消耗した艦載機の補充を伊勢型航空戦艦二隻から受けた。

戦艦「武蔵」以下の全艦艇がすでに「A点」で集結しており、日付けが〝二日〟に変わってしばらくすると、山口参謀長が満を持して山本長官に進言した。

「全艦艇が補給を終えて、艦載機の補充もすべて完了いたしました。オアフ島をめざし、いよいよ進軍いたします！」

山本大将はこれに深々とうなずき、連合艦隊は一〇月二日・午前一時を期してついにオアフ島への進軍を開始したのである。

第七章　オアフ島大空襲！

1

ミッドウェイ、ジョンストン両基地を見捨てるのは断腸の思いだったが、ニミッツとしてはそれを断行せざるをえなかった。機動部隊の兵力があきらかに劣っており、「ベニントン」の到着を待つしかなかった。ましてや、オアフ島航空隊の勢力圏外で決戦を挑むなど危険極まりなく、まったく論外だった。

空母「ベニントン」は予定どおり三〇日の午前中にラハイナ泊地へ到着した。

第三八機動部隊は「ベニントン」をただちに指揮下へ加えて空母一二隻の陣容となり、全艦艇が一日・正午までに重油の補給を終えて出撃準備が万事ととのった。

さすがのハルゼー大将も、「ベニントン」を待たずに出撃することはできず、太平洋艦隊司令部と同じように、オアフ島航空隊の攻撃圏内へ〝ジャップ機動部隊を引き入れてから叩くべきだ！〟と考えていた。

ハルゼー大将は戦艦「ニュージャージー」に将旗を掲げている。当然「ニュージャージー」にもミッドウェイ、ジョンストン両島の惨状は伝わっており、ハルゼーは三日ほど前から出撃したくてうずうずしていた。

──こしゃくなジャップめ！　暴れまわれるのもいまのうちだ！　明日にでも出撃して目にものを見せてくれる！

ハルゼーの苛立《いらだ》ちはとっくに頂点へ達していたが、ようやくその時が来た。

一〇月二日・午前八時五八分。夜明けの一時間前にヒッカム飛行場から飛び立っていたB17爆撃機の一機が、ついに敵機動部隊を発見し、報告を入れて来たのだ。

『敵大艦隊発見！　空母一〇隻以上、その他随伴艦多数！　敵艦隊はオアフ島の西（微北）およそ六九〇海里の洋上をハワイ方面へ向けて速力・約二〇ノットで東進中！』

空母が一〇隻以上というのだから、日本軍機動部隊にちがいなかった。その敵大艦隊が疑いなくオアフ島をめざしている。

第三艦隊参謀長のロバート・B・カーニー少将がすかさずハルゼー大将に進言した。

「ラハイナから敵艦隊までの距離はおよそ七八〇海里です。ただちに出撃しますか⁉」

「当然だ！　全艦艇に即刻出撃を命じよ！」

ハルゼーは愚問だと言わぬばかりにそう応じたが、全艦艇がすでに重油を満載し、出撃準備はすっかりととのっていた。

カーニーはこくりとうなずいて、ただちに出撃命令を伝達し、「ニュージャージー」もエンジンを始動して、午前九時四五分にはラナイ島を左手に見ながら太平洋へ乗り出した。

むろん機動部隊の空母一二隻も次々と太平洋へ繰り出し、輪形陣を組みながら午前一〇時三〇分には第三八機動部隊の全艦艇が速力二〇ノットで西進し始めた。

「全艦、無事出撃しました！」

カーニーがそう報告すると、ハルゼーは無言でうなずいてみせたが、敵との距離が八〇〇海里ちかくも離れている。それを不安視したカーニーがハルゼーに確認をもとめた。

「艦隊の進軍速度をもう少し上げますか？」

「……いや、二〇ノットで充分だ」

わずかに考えてからハルゼーはそう言い切ったが、カーニーは首をかしげた。

「……ですが、わが艦載機の航続力不足をおぎなうには……」

「いや、みておれ。ジャップ空母群は必ずオアフ島へ近づいて来る！　いずれ速度を上げるが、そう、あせる必要はない」

それでもカーニーが不服そうなので、ハルゼーはため息まじりで言及した。

「きみが言うとおり敵艦載機の足は長い。性急に速度を上げて敵に近づきすぎると、航続力に長けたジャップの索敵機に早々と見つかり、わが空母の存在をわざわざジャップにおしえてやるようなものだ。こちらにはオアフ島の大型機を活かせるという利点がある！　いましばらくはその報告をじっと待ち、わが行動を秘匿したまま夜になってから一気に速度を上げ、ジャップ空母群へ迫ってゆくべきだ！」

なるほど、そのとおりにちがいなく、これを聴いてカーニーはにわかに腑《ふ》に落ちた。

まさしくハルゼーの言うとおりで、オアフ島航空隊はこの日、薄明を迎える一時間ほど前から飛行艇や重爆撃機などを総動員して索敵を開始していた。ハルゼー艦隊の行動を秘匿するためにニミッツが陸軍にも索敵を依頼していたのだ。

カタリナ飛行艇の速度の遅さを陸軍の重爆撃機でカバーしようというのだが、それが見事に的中して、ヒッカム発進のB17が真っ先に敵艦隊との接触に成功、七〇〇海里ちかくの遠方にまんまと敵空母群を発見したのだった。

いや、それだけではない。ハルゼーの思惑どおり、その後も次々と飛行艇や重爆が日本軍機動部隊との接触に成功し、その行動を刻一刻と「ニュージャージー」に知らせて来た。

午前一一時ごろにはフォード島基地発進のカタリナ飛行艇も日本の大艦隊を発見し、同機は『敵空母一五隻以上が大きく三群に分かれ、オアフ島の西方・六五〇海里付近まで近づいている！』と報じて来た。

この報告を聴き、カーニーもいよいよハルゼー大将の読みに脱帽した。

——なるほど。日本軍機動部隊とわが艦隊との距離はこの二時間ほどで七〇〇海里ほどに縮まっている。敵もまた、二〇ノット程度の速力でこちらへ近づきつつあるのだ……。

そのとおりで、その三時間後の午後二時過ぎには二段索敵に飛び立ったB17のうちの一機が再び日本軍機動部隊との接触に成功し、さらにその二時間後の午後四時ごろには、これまた二段索敵に飛び立っていたカタリナ飛行艇の一機が首尾よく敵艦隊を発見して、日本軍機動部隊がオアフ島の西およそ五五〇海里の洋上まで近づいて来ていることがわかった。

時刻は今、午後四時になろうとしており、時計を見ながらカーニーが言った。

「わが艦隊と敵機動部隊との距離は、今ちょうど五〇〇海里ほどになっております！」

午後五時五七分には日没を迎える。あと二時間ほどで日没だが、そのあとも午後六時三〇分ごろまでは薄暮が続く。そのことをきっちり踏まえた上で、ハルゼーが即座に断を下した。

「これ以上は近づきすぎだ！　部隊の速度を一六ノットまで落とし、以後は日没まで、周辺洋上を遊弋《ゆうよく》せよ！」

それはオアフ島の南西およそ七〇海里の洋上だったが、ハルゼー大将はそこで遊弋し、にわかに進軍を止めるよう命じたのだ。

これはいかにも賢明な判断にちがいなかった。

なぜなら、日本の空母から午後二時ごろに飛び立っていた二式艦偵の一機が、ハルゼー艦隊にこれ以上ないほど近づきつつあり、四六〇海里もの距離を進出して、午後四時三〇分に索敵線を折り返そうとしていたのだった。

ハルゼー艦隊があと一〇海里ほど西進していたとすれば、午後四時三〇分ごろに同機との距離が三〇海里ほどに縮まり、その二式艦偵によって第三艦隊の一部が発見されていた可能性がある。

空は良く晴れて見通しが抜群だった。

けれどもハルゼー大将がにわかに遊弋を命じたため、その二式艦偵は結局、米軍機動部隊との接触に失敗し、薄暮が終わる直前の午後六時三〇分ごろに母艦へ着艦、収容されたのだった。

日本軍機動部隊はあともう一歩というところで索敵に失敗したのだが、これに対して、オアフ島航空隊の支援を得られるハルゼー艦隊は、索敵に関しては断然有利であった。

ニミッツ大将がダメ押しで発進させた、予備のカタリナ飛行艇のうちの一機が、午後六時ごろに三たび日本軍機動部隊を発見したのだ。

『空母一〇隻以上をふくむ敵大艦隊が、速力二〇ノットでオアフ島の西方・五一〇海里の洋上まで近づきつつある！』

ハルゼー大将の座乗艦「ニュージャージー」もこの報告電をもれなく受信し、通信参謀がその内容を告げるや、ハルゼーは即座に命じた。

「薄暮が終わる（六時三〇分）と同時にオアフ島の西南西・三〇〇海里の洋上へ軍を進める！　針路西南西。速力二四ノット！　同地点を仮にポイント・ラックと呼び、わが艦隊は明朝・午前四時までにポイント・ラックへ軍を進める！」

するとと、カーニーが質問した。

「賛成ですが、その理由をお聞かせください」

「……よいか。ジャップ機動部隊は明朝、必ずオアフ島を空襲して来る。われわれが最も避けるべきは敵空母群とオアフ島に挟まれることだ！」

カーニーがこれにうなずくと、ハルゼーはさらに説明した。

「明朝、ジャップ空母群はオアフ島の西方三〇〇海里付近から攻撃隊を出して、同島を空襲して来るとみた。そこでわれわれは夜のあいだにポイント・ラックへひそかに軍を進め、明朝・四時までに敵空母群を二〇〇海里圏内にとらえて、敵の側面（南方）から横やりの攻撃を仕掛ける！　敵がオアフ島攻撃に熱中しているとすれば、ジャップ空母群に十中八九、不意打ちを喰らわせることができるだろう」

「……なるほど。二四ノットで九・五時間ほど走り続ければ、およそ二三〇海里の距離を前進して明日の午前四時にはオアフ島の西南西・三〇〇海里の洋上へ達します。……そこで、敵を待ち伏せしてやろう、とおっしゃるのですね？」

カーニーがそう訊き返すと、ハルゼーは大きくうなずきながら断言した。

「ああ、そうだ。ポイント・ラックへ軍を進めておけば、ジャップ機動部隊のほぼ南（微東）で布陣することになり、オアフ島と敵艦隊とのあいだに挟まれることなく、ジャップ空母群を待ち伏せできる！」

カーニーは額に手を当て、もう一度よく考えてみた。けれども、これに勝る上策はたしかになさそうだった。

「……わかりました。妙案に思います！　薄暮が終わるのを待ってポイント・ラックへ一気に軍を進めましょう！」

そして、二日・午後六時三〇分。辺りが漆黒の闇に包まれると、第三八機動部隊はポイント・ラックへ向けて進軍し始めたのである。

2

オアフ島の七〇〇海里圏内へ踏み込むや、米軍索敵機からさかんに接触を受け始め、連合艦隊も相当警戒しながら軍を進めていた。

宇垣、志摩両中将の率いる第一、第二支援部隊は機動部隊のはるか一〇〇海里後方に位置していたが、国家の命運を賭けた最重要作戦のため、戦艦「武蔵」「大和」をはじめとする連合艦隊の直属部隊は、第一、第二、第三機動部隊と行動を一にしており、事実上、連合艦隊司令部がオアフ島への進軍を指揮していた。

基地の重爆や飛行艇などから接触を受けることはあらかじめ覚悟していたが、最も警戒すべきはやはり米軍機動部隊である。

二日・午前中は第三機動部隊の二式艦偵一〇機を索敵に放ち、東方洋上一帯を捜索したが、オアフ島までの距離がいまだ六〇〇海里以上も離れていたこともあり、米軍機動部隊を発見するようなことはなかった。

けれども、午後からはオアフ島にいよいよ近づくため、二式艦偵の航続力をもってすれば、その索敵網に米軍機動部隊が掛かる可能性は〝大いにある！〟と期待された。

午後からは二式艦偵だけでなく、天山も索敵に出すことにし、今度は第二機動部隊の空母から二式艦偵一〇機と天山八機を索敵に出した。

各索敵機は往路二時間、復路二時間、そして索敵線の先端をそれぞれ三〇分ずつ飛行することになり、午後二時に発進を命じて薄暮が終わる午後六時三〇分に母艦へ収容することにした。

二式艦偵は巡航速度の二三〇ノットでそれぞれ四六〇海里の距離を進出し、天山は同様に巡航速度の一八〇ノットでそれぞれ三六〇海里の距離を進出してゆく。そして、これら一八機の索敵機でオアフ島を中心とする東方一八〇度に及ぶ広大な索敵網を展開し、あわよくば〝本日中に米軍機動部隊を見つけ出してやろう！〟というのが、連合艦隊司令部の立てた計画であった。

ハワイ周辺海域では朝から抜けるような青空が広がっており、かなり見通しが良いので敵機動部隊の発見が大いに期待されたが、結局、午後四時三〇分を過ぎてもそれらしい報告は入らず、周知のとおり、二日に実施した索敵はすべて空振りに終わった。

日没を迎えても依然、米軍機動部隊は行方知れずであったが、かすかなヒントはあった。

ハルゼー艦隊もさすがに、日本軍潜水艦による哨戒網を完全にすり抜けることはできず、一〇月二日の午後三時半過ぎに、潜水艦「伊《い》一七七」がオアフ島の南方海域で〝敵大艦隊と接触す！〟と報じていた。

敵艦隊の規模があまりに大きくていっこうに浮上できず、「伊一七七」潜は敵艦を視認したわけではなかったが、海中に身を潜めてソナーで敵艦のエンジン音を探知し続け、それら艦艇群がすっかり〝西〟へ通り過ぎてから浮上し、報告電を発していたのだった。

したがって確実な情報とはいえず、空母の有無などはまるで判然としなかったが、大艦隊であることは疑いなく、連合艦隊司令部としては、「伊一七七」潜が発したこの報告電を唯一の手掛かりにせざるをえなかった。

通信参謀からあらためて報告を受け、「武蔵」の作戦室で真っ先に口を開いたのは、参謀長の山口多聞中将だった。

「米軍機動部隊にちがいない！『伊一七七』は敵が西進して行ったと報じており、敵艦隊はわが方へ近づきつつある！……米軍は朝から執拗に索敵をおこない、日本の空母多数がオアフ島へ近づきつつあることを知っているのだ。その米軍が空母なしでわが方へ艦隊を近づけて来るはずがない。空母なしで西進しているとすれば自殺行為でしかなく、この敵艦隊には必ず空母がふくまれているはずだ！」

山口が力説すると、これを否定する者はだれもおらず、みなが一様にうなずいた。

山本長官もちいさくうなずいたのを見て、山口はすかさず進言した。

「米軍機動部隊はオアフ島の南方海域で行動しているとみます！　しかもそれが、こちらへ近づきつつあるというのですから、予定より北へ針路を執り、オアフ島基地航空隊と米軍機動部隊からの挟撃を避けるべきです！」

これを聴いて、みながさらに大きくうなずいている。すると山本も、その必要性を認め、山口の進言にうなずいた。

「よかろう。機動部隊に北寄りの針路を執るよう信号し、オアフ島の西北西・三五〇海里付近から攻撃隊を出そう」

当初の計画ではこのまま東進し続け、オアフ島の〝西〟三五〇海里付近から攻撃隊を発進させる予定であったが、それを〝西北西〟からの発進に改め、米軍機動部隊との挟撃を避けようというのであった。

しかし、それには若干速度を上げる必要があった。当初は速力二〇ノットで東進し続けることになっていたが、北寄りの針路で東北東へ変針した場合、二四ノットで進軍しなければ、オアフ島の三五〇海里圏内へ到達できない。

攻撃隊の発進時刻は〝三日・午前二時〟と定められており、三五〇海里圏内へ到達するのが午前二時より遅くなってしまうと、せっかくの〝奇襲計画〟がふいになるのだ。

「空母一八隻を擁する大部隊だが、二四ノットでの進軍は可能かね？」

山本が念のためそう訊くと、山口は気合いたっぷりの表情で断言した。

「はい！　大部隊での夜行軍になりますが、二四ノットでの進軍なら問題ありません。断じて成し遂げます！」

帝国海軍の将兵はみな、それこそ、こういうときのために日々〝月月火水木金金〟の訓練を積んできている。山口の返答を聴いて、山本もにこりとうなずいてみせ、東北東への変針を許可したのである。

3

一〇月二日から三日に日付けが変わった午前一時五五分——。帝国海軍の三個機動部隊は予定どおり、オアフ島の西北西およそ三五〇海里の洋上へ達していた。

山口参謀長が宣言したとおり、戦艦「武蔵」「大和」以下、すべての艦艇が二四ノットでの夜行軍を難なく成し遂げ、隊列から落伍するような艦は一隻もなかった。

三つの機動部隊のうち、角田中将の第一機動部隊は米軍機動部隊との戦いにそなえるため、オアフ島へ向けて攻撃隊を出さない。

第二、第三機動部隊の空母一二隻の艦上では特別な任務をおびた「夜襲攻撃隊」の艦上機がすでに出撃準備を完了し、飛行甲板できれいに整列を終えていた。

オアフ島夜襲攻撃隊の兵力は紫電改七五機、彗星八一機、天山一一七機の計二七三機。

彗星、天山の航続力に問題はないが、紫電改の合理的な攻撃半径は三二〇海里程度のため、攻撃隊発進後も三つの機動部隊はオアフ島へ軍を近づけてゆく必要がある。

第一機動部隊は基地攻撃に参加しないが、兵力の分散を避けるために終始、第二、第三機動部隊と一緒に進軍するよう規定されていた。

夜襲攻撃隊は、第二機動部隊の玄龍型装甲空母三隻から紫電改六機、彗星二七機ずつ、軽空母三隻から紫電改六機、天山九機ずつ、そして、第三機動部隊の巨大装甲空母「信濃」から紫電改九機と天山二七機、装甲空母「飛鷹」「隼鷹」から紫電改六機、天山一八機ずつ、軽空母三隻から紫電改六機、天山九機ずつが発進してゆく。

巨大な飛行甲板を持つ「信濃」は唯一、紫電改九機を発進させるが、残る空母一一隻はいずれも紫電改六機ずつを発進させる。そして、紫電改のうちの、三九機が二五〇キログラム爆弾一発を装備し、残る三六機は爆弾を装備せず制空隊として出撃してゆくことになった。

また、彗星の全機が二五〇キログラム爆弾一発ずつと六〇キログラム爆弾二発ずつ（翼下）の計三発を装備して出撃してゆく。

この六〇キログラム爆弾は「二式六番二一号爆弾二型」と呼ばれる特殊爆弾で、小弾子三六個を内蔵しており、昭和一九年に飛行場制圧用として開発された新型爆弾であった。

そして天山だが、夜襲攻撃隊一一七機のうちの一八機は「零式吊光照明弾」六発ずつを装備して照明隊として出撃してゆく。夜間攻撃で照明弾の投下が必須となるためだが、残る天山九九機のうちの、四五機が二五〇キログラム爆弾二発ずつを装備し、五四機が八〇〇キログラム爆弾一発ずつを装備していた。

夜襲攻撃隊の搭乗員はみな、この日のために特別な訓練を受けた者たちばかりで、七月ごろから夜間飛行をくり返しており、昨日も早々と午後五時に寝床へ就いて、たっぷり七時間以上の睡眠を採っていた。

出撃準備は万全だ。母艦一二隻は風上へ向けてすでに疾走しており、飛行甲板も探照灯で煌々《こうこう》と照らされていた。

やがて時計の針が午前二時を指すと、大西、松永両中将は満を持して攻撃隊に出撃を命じ、空母一二隻の艦上から〝今や遅し〟と先頭の紫電改が発進を開始した。

巨大空母「信濃」は三六機の攻撃機を発進させるが、玄龍型空母の発進機数は三三機ずつだ。これら四空母の飛行甲板は大鳳型より広く、発艦をしくじるようなものは一機もない。

波は比較的おだやかで、空には無数の星が光り輝き、視界も良好だった。

そこへ吸い込まれるようにして、夜襲攻撃隊の二七三機が次々と舞い上がり、午前二時一五分にはその全機が発進を完了した。


夜襲攻撃隊の隊長は玄龍飛行隊長の伊吹正一《しょういち》少佐が務めている。伊吹少佐は彗星に機乗し、玄龍降下爆撃隊を直率していた。

伊吹隊長機は母艦「玄龍」から七番手で飛び立ち、艦隊上空をもはや大きく旋回している。そのオルジス灯を頼りにし、高度三〇〇〇メートルの上空で攻撃機が次々と集合していった。

そして、巨大空母「信濃」からしんがりで飛び立った天山を編隊の最後尾へ吸収すると、それをきっちりと確認してから伊吹少佐は愛機の針路を東南東へ執り、一路、オアフ島をめざして進軍を開始したのである。

大西、松永両中将はそれぞれ「玄龍」「信濃」の艦橋から、進撃してゆく攻撃隊を頼もしげに見送りつつ、部隊の進軍速度をやがて二〇ノットまで落とすように命じた。

速力を低下させたが、三つの機動部隊はなおもオアフ島へ軍を近づけてゆく。

その軍中にはむろん「武蔵」「大和」のすがたも在り、夜襲攻撃隊の全機が発進に成功したことを通信参謀が追って報告すると、山本大将と山口中将はにわかに目をほそめ、そろって〝よし！〟とうなずいてみせた。

4

一九四四年一〇月三日・ハワイ現地時間で午前三時三五分――。オアフ島はいまだすっかり眠りのなかにいた。

日の出時刻は午前六時四分で午前五時三〇分過ぎには空が白み始めて来る。それは薄明を迎える二時間ほど前のことだった。

オアフ島の西北西から攻撃隊を発進させたのはやはり大正解で、連合艦隊は願ってもない幸運にめぐまれていた。

この日、オアフ島の西およそ一〇〇海里・カウアイ島の南方近海では、軽巡「コンコード」が夜中から警戒に当たり、オアフ島へ近づこうとする敵機や敵潜水艦に眼を光らせていた。

「コンコード」もすでに対空見張り用レーダーを装備しており、第二、第三機動部隊がもし、当初の予定どおりオアフ島の〝西〟から夜襲攻撃隊を発進させていたとすれば、「コンコード」のレーダーがすくなくともオアフ島の一三〇海里ほど手前で、夜襲攻撃隊をあっさり探知していたのにちがいなかった。

ところが、夜襲攻撃隊が〝西北西〟から迫っていたので、その探知が大きく後れてしまった。

というのが、カウアイ島には標高一五七六メートルのカワイキニ山がそびえており、その山陰に邪魔されて「コンコード」のレーダー探知が後れてしまい、艦長のオベリン・C・レアード大佐がレーダーの異変に気づいたときには、夜襲攻撃隊はもはや、オアフ島の手前・七五海里付近にまで近づいていたのだった。

一三〇海里と七五海里の差は大きく、「コンコード」からの通報が結果的に二〇分ちかくも後れてしまい、同艦から通報を受けてオアフ島で警報が発令されたときには、時刻はもう午前三時四〇分を過ぎていた。

日本軍艦載機の来襲が予想されたのでオアフ島では厳重な警戒態勢が敷かれていたが、さしものニミッツ大将も、艦載機が〝夜間爆撃を仕掛けて来る〟とはまったく考えていなかった。

そのため、搭乗員の起床時刻を午前四時（日の出の約二時間前）とし、ニミッツ大将自身も午前四時に起床するつもりでいたが、その二〇分ほど前に、けたたましい警報音がオアフ島全体に鳴りひびき、それでようやく多くの者が飛び起きたのだった。

ニミッツ大将も例外ではなく、かれはとりもなおさず迎えの車を呼び、そのあいだに軍服へ着替えてジープに飛び乗ったが、太平洋艦隊司令部へ到着したときにはもう、時刻は午前三時五五分になろうとしていた。

参謀長のマクモリス少将は、長官の代理としてすでに司令部に詰めており、ニミッツの姿を見るや叫ぶようにして告げた。

「ちっ、長官！　敵機はあと一〇分ほどで、基地上空へ進入して来ると思われます！」

陸海軍戦闘機に対してはマクモリスがすでに発進を要請しており、ニミッツはかれの言葉にただうなずくしかなかったが、日本軍攻撃隊は実際には一〇分も待ってはくれなかった。

午前四時二分。照明弾の投下でオアフ島全体が急激に明るくなり、日本軍機がいよいよ爆弾を投下し始めたが、それまでに飛び立つことのできた米軍戦闘機はわずか九機にすぎなかった。

警報で起こされたパイロットが急いで駐機場へ駆け付けたが、いずれの戦闘機も発進待機位置に就いておらず、滑走路のソデからいきなり助走に入って強引に飛び立つしかなかった。混乱状態にある基地からの発進は時間を要し、ホイラー基地からP40四機とP51二機が発進、エヴァ基地からもヘルキャット三機が飛び立ったが、それが精いっぱいだった。

九機が発進に成功したのはよかったが、上空では、獲物に飢えた紫電改が虎視眈々と待ち構えていた。九機は上昇し切る前にいずれも紫電改に喰い付かれ、P51やヘルキャットもその高速性能をほとんど活かせない。飛び立った米軍戦闘機九機のうちの六機が五分以内に撃ち落とされ、残る三機もオアフ島上空から逃れて海上へ退避せざるをえなかった。

そして、そのころにはもう、オアフ島の飛行場はいずれも日本軍機の投じた爆弾によって蹂躙《じゅうりん》されており、発進に後れた米軍機は地上で金縛《かなしば》りに遭ったような状態で、次々と爆撃の餌食《えじき》にされていった。

高度六〇〇〇メートルの上空から照明隊の天山が断続的に吊光弾を投下し、オアフ島では真昼のような明るさが続いている。

帝国海軍は緒戦の「真珠湾攻撃」に成功してオアフ島の地形を知り尽くしていた。飛行場など主要目標物の配置は約三年前の一九四一年一二月の時点と変わっておらず、爆撃隊を率いる各隊長は全員が緒戦の「真珠湾攻撃」を経験していた。夜にもかかわらず、夜襲攻撃隊は一直線に攻撃目標へ向かうことができ、およそ計画どおりに攻撃を実施することができた。

夜襲攻撃隊／空中指揮官　伊吹正一少佐
・第一爆撃隊→ヒッカム飛行場（陸軍）
（照明三、紫電改九、彗星二七、天山二七）
・第二爆撃隊→ホイラー飛行場（陸軍）
（照明三、紫電改九、彗星二七、天山二七）
・第三爆撃隊→エヴァ飛行場（海兵隊）
（照明三、紫電改九、彗星九、天山二七）
・第四爆撃隊→フォード島飛行場（海軍）
（照明三、紫電改六、彗星九、天山九）
・第五爆撃隊→カネオヘ飛行場（海軍）
（照明三、紫電改六、彗星九、天山九）
・制空隊／オアフ島上空制圧
（紫電改三六、照明三）
※各爆撃隊の紫電改はすべて爆装。

夜襲攻撃隊は奇襲にほぼ成功し、制空隊の紫電改三六機は高度五〇〇〇メートル付近で旋回、オアフ島全体に眼を光らせながら、各爆撃隊が実施する攻撃のなりゆきをひとまず見守っていた。制空隊の指揮下にも予備の天山三機が照明隊として温存されている。

いっぽう、各爆撃隊はすでに猛烈ないきおいで爆弾を投下していた。

第一爆撃隊はヒッカム飛行場へ襲い掛かり、全部で一二〇発以上の爆弾（六〇キログラム爆弾をふくむ）を投下して、そこに駐機していた米軍の重爆撃機などを容赦なく粉砕していった。

それら爆弾には八〇〇キログラム爆弾一八発もふくまれており、ヒッカムの滑走路は重量級の爆弾を喰らってずたずたに引き裂かれ、エプロン地帯や滑走路のソデでは、破壊された重爆や中爆が激しく燃え、飛行場全体からいくスジもの黒煙が昇っていた。

時を同じくして第二爆撃隊はホイラー飛行場へ襲い掛かり、こちらも一二〇発以上の爆弾を投下して、オアフ島防衛の要となる米陸軍戦闘機を手当たり次第に粉砕していた。

ホイラーの滑走路にもまた、八〇〇キログラム爆弾一八発が命中し、いたるところに大きな穴が開き、駐機していた米軍戦闘機はどれも身動きが取れない状態におちいっている。しかもホイラー飛行場では、六〇キログラム・クラスター爆弾の攻撃効果が覿面《てきめん》で、炸裂した弾子が米軍戦闘機をおもしろいように粉砕、飛行場一面に破壊された戦闘機の残骸が飛び散っていた。

夜襲攻撃隊は、ヒッカム、ホイラー両基地の攻撃に最大の兵力を割いており、その効果が大いに表れて、オアフ島のアメリカ陸軍航空隊はもはや壊滅的な打撃をこうむっていた。

しかし、オアフ島南西部には海兵隊が管轄するエヴァ飛行場が存在し、その航空兵力も決して侮《あなど》れない。エヴァ基地への攻撃には、第三爆撃隊の四八機が向かっていた。

同基地に対する攻撃はわずかに後れ、周知のとおりヘルキャット三機の発進をゆるした。

それらヘルキャットがすっかり上昇してしまうと、第三爆撃隊はその対処に手こずっていたにちがいないが、上昇しつつある敵戦闘機に気づいた制空隊の紫電改九機がすかさず降下して二〇ミリの連射を加え、たちまち一機を撃墜して五分以内にもう一機も撃墜。最後の一機も紫電改二機から猛追を受け、尾部から煙を噴きながら南方洋上へ遁走《とんそう》して行った。

制空隊の援護により第三爆撃隊もまた、存分に暴れまわることができ、エヴァ飛行場にも七〇発以上の爆弾を投下して、滑走路や飛行場の施設をほとんど破壊した。

ヘルキャットやワイルドキャット、アヴェンジャーなどが重なり合うようにして骸《むくろ》を晒《さら》し、エヴァ基地にも一五発以上の八〇〇キログラム爆弾が命中して滑走路が寸断されていた。

これで夜襲攻撃隊は海兵隊機の活動をも封じることに成功したが、日本軍機の猛攻はそれにとどまらなかった。

真珠湾のフォード島基地とオアフ島・中東部のカネオへ基地には、米海軍の有力な飛行艇部隊が常駐している。この日も薄明を迎える一時間前の午前四時三〇分を期して両飛行場からカタリナ飛行艇一八機ずつが飛び立ち、索敵に向かうことになっていた。

あと三〇分で発進時刻を迎えるため、第一段索敵に飛び立つ飛行艇の多くが給油中で、真っ先に給油を終えたものが整備員の手を借りて滑走路へ引き出されようとしていた。

戦闘機などの場合とちがって飛行艇の乗員はみなすでに起床していたが、いまだ一人も搭乗していないのは同じことだった。

　給油作業はすこぶる順調だったが、そこへ日本軍機が来襲し、突如として爆弾を投下し始めたのだからたまらない。

　フォード島、カネオへ両基地へ襲い掛かった第四、第五爆撃隊の天山は、八〇〇キログラム爆弾を装備しておらず、すべて二五〇キログラム爆弾二発ずつを装備していた。そのため両基地の滑走路は致命的な破壊をまぬがれたが、三〇発以上の二五〇キログラム爆弾と一五発以上のクラスター爆弾が命中して、両基地では給油中のＰＢＹ飛行艇がことごとく燃え上がり、あっという間にガソリンに引火、爆発をくり返してまったく手の付けられない状態となった。およそひとかたまりとなって駐機していた第一段索敵のＰＢＹは、ほぼ全滅し、第二段の索敵に予定されたＰＢＹなどにも被害が及んだ。

　それでもなお、両基地には飛行可能な飛行艇が合わせて二〇機ほど残されていたが、それらカタリナ飛行艇も攻撃をまぬがれなかった。

　二五〇キログラム爆弾の投下を終えた紫電改が低空へ舞い下り、残存のＰＢＹにも容赦なく機銃掃射を加えて、それら敵飛行艇を手当たり次第に破壊し始めたのだ。

　結局、すぐに発進可能なＰＢＹはわずか六機となり、オアフ島の飛行艇部隊は組織立った索敵が不可能となってしまった。

　やがて、上空から日本軍機がすがたを消し、両基地への空襲はようやく午前四時二八分ごろに終わったが、ヒッカム、ホイラー、エヴァ飛行場に対する空襲はまだ続いていた。爆撃隊はさすがに攻撃を終えていたが、制空隊の紫電改が地上近くまで舞い降り攻撃に参加していたのだ。

いまだ飛べそうな敵機に対してしらみつぶしに紫電改が機銃掃射を加え、陸軍の爆撃機や戦闘機はもちろん、海兵隊機にもことごとく追い撃ちを掛けて、その猛烈な射撃でさらに一〇〇機以上の米軍機を破壊していた。

その結果、夜襲攻撃隊による空襲で、オアフ島の米軍航空隊は一挙に六〇〇機以上の陸海軍機を失い、修理を必要とするものも三〇〇機ちかくに上り、すぐに発進可能な機が一〇〇機前後にまで激減してしまったのである。

——これだけ徹底的に破壊しておけば、すくなくとも今日中に、オアフ島航空隊が動き出すようなことはないだろう。

午前四時三五分。伊吹少佐はそう確信して夜襲攻撃隊に引き揚げを命じ、オアフ島上空をあとにした。

第八章　ハワイ沖大海戦！

1

　夜襲攻撃隊の奇襲〝成功！〟により、オアフ島の状況が一変した。

「ヒッカムが壊滅状態で重爆が発進できないばかりか、すぐに飛べる飛行艇も数えるほどしかなく満足に索敵もできません！」

　マクモリスがそう告げると、ニミッツは全身の力が抜け、しばらく立ち上がれなかった。

　一刻も早く日本軍機動部隊の居どころを突き留めて反撃する必要がある。だが、索敵機もろくに出せないようでは万事休すだった。

　──オアフ島の各飛行場をまともに使える状態へ復旧するには、すくなくともまる一日は掛かるだろう……。

　ニミッツはそう覚悟せざるをえなかった。

　しかし、オアフ島はなんとしても防衛しなければならない。もはやこうなれば第三八機動部隊の反撃に望みを託すしかなかった。

　太平洋艦隊司令部には各航空基地の被害状況がひっきりなしに報告されて来るが、そのなかから役に立ちそうな情報を拾い上げて、マクモリスが報告した。

「来襲した敵艦載機は、どうやら西北西の方角へ引き揚げて行った模様です！」

これを聴いてニミッツはようやく我に返り、マクモリスに命じた。

「それを即刻『ニュージャージー』へ伝えて、索敵を自力でおこなうよう〝ブル〟に進言せよ！　でないと、不意打ちを仕掛けようとして、第三八機動部隊のほうが袋叩きにされかねない！」

ブルというのはいうまでもなくハルゼー大将のことで、マクモリスはうなずくや、ただちに「ニュージャージー」と連絡を取り、日本軍機動部隊が、オアフ島の〝西北西で行動している可能性が高い〟ことをハルゼー司令部に伝えた。

ハルゼーは通信参謀からそれを聞いて、思わず声を荒げた。

「なにっ!?　ろくに飛行艇も飛ばせん、というのか……。オアフ島の西北西だな。すぐに写真偵察型のヘルキャットを準備せよ！」

この時点でハルゼー大将麾下《きか》の第三八機動部隊はすでにポイント・ラックへ到達していたが、ヘルキャットを索敵に出すのに、あと一〇分ほどは掛かりそうだった。

時刻は午前四時四〇分になろうとしている。

むろんハルゼー大将や参謀長のカーニー少将もオアフ島航空隊が壊滅状態にあることを承知しており、時計を再確認しながらカーニーがたまらず進言した。

「あと五〇分ほどで夜明けを迎えますが、状況が一変しました！　ここは一旦、南へ軍を退け、態勢を立てなおしますか!?」

オアフ島航空隊の加勢をまったく期待できなくなったのだ。しかも第三八機動部隊は敵へかなり近づいていたのでカーニーはそう進言したが、ハルゼーはそれを大喝《だいかつ》した。

「なにっ、今さらしっぽを巻いて、おめおめ逃げられるか！」

「で、ですが、オアフ島司令部が伝えてきたとおり敵機動部隊がオアフ島の西北西で行動しているとすれば、敵艦隊との距離はいまだ二〇〇海里以上は離れているはずです！　今すぐ高速で南へ退避すれば、敵艦載機の攻撃圏外へ離脱できるかもしれません！」

カーニーが言うとおり、日本軍機動部隊が針路を北寄りに変更して、オアフ島の西北西から夜襲攻撃隊を出したため、実際にはこの時点で彼我の距離は二二五海里ほど離れていた。

もちろん二人とも、日本軍機動部隊との正確な距離はいまだ知る由《よし》もなかったが、〝二〇〇海里以上〟というカーニーの推測は、およそ的を射ていた。

ハルゼーも同様に、敵との距離は〝二〇〇海里以上は離れているだろう……〟と思ったが、執るべき戦術については、カーニーの考えとまったく正反対だった。

「なにをバカげたことを言っとる！　ジャップ機動部隊は現に艦載機を放ってオアフ島を空襲して来たのだ。その艦載機を収容してジャップ空母が再出撃準備を急いでいる時間帯こそが、こちらの狙い目なのだ！　空母数の劣勢をくつがえして勝利を得るにはそれしかない！　今わがほうが軍を退いてその機を逃せば、ジャップ機動部隊に空母決戦にそなえるための余裕を、むざむざあたえてやるようなものじゃないかっ！」

「そっ、……それは、そのとおりですが……」

カーニーはなにか言い返そうとしたが、よい反論がすぐには思い浮かばない。

ハルゼーはすかさず突っ込む。

「ジャップの空母はおそらく一八隻だ。それに対してこちらは一二隻。一旦態勢を立てなおすのはよいが、一二隻対一八隻で真っ向勝負を挑み、それで本当に勝てるのか?」

あきらかな劣勢で、カーニーはもちろん勝利を断言することなどできなかった。しかも、オアフ島を放棄するわけにはいかず、空母決戦を避けるわけにもいかない。

カーニーがぐうの音も出ず黙っていると、ハルゼーがさらにたたみ掛けた。

「危険を承知の上でただちに接近戦を挑めば、ジャップ空母が再出撃準備に忙殺されているところを突ける可能性がある。オアフ島を護り切るにはその可能性に賭けてみるしかない!　逃げるなどもってのほかだ!」

「お、おっしゃることはよくわかります。しかしいかにも危険で、それではたして、本当に勝てるでしょうか?」

カーニーはかろうじてそう言い返したが、ハルゼーの気合いのほうが断然勝っていた。

「……むろん、勝てるという保証など、どこにもない。だがな。ジャップ機動部隊がおよそ半数の艦載機をオアフ島攻撃にハタいたとすれば、敵の航空兵力は、今〝一八から九〟に半減しているとみることができよう。いや、およそ三分の一の艦載機を基地攻撃にハタいたとしても、ジャップの航空兵力は、今〝一八から一二〟に減っているとみることができる。だとすれば航空兵力は一二対一二。……ほぼ対等だから勝てる見込みが充分にあり、オアフ島を見捨てずに戦うとすれば、まさに今しかない!」

ハルゼーの言うとおりだった。この説明を聴いても立ち上がらぬようでは男ではなく、カーニーもようやく覚悟を決めた。

「わかりました。オアフ島の防衛をあきらめるわけにはまいりません。おっしゃるとおり敵空母が再出撃準備に忙殺されているところを突けば、たしかに勝機はあるでしょう。まずは索敵機の発進を急ぎます」

ハルゼーはむろんうなずいたが、二人が意見を戦わせているあいだに、写真偵察型ヘルキャットの発進準備はすっかりととのっていた。

機数は一六機。とくに日本軍機動部隊の出現が予想される北方一帯・四つの索敵線にはヘルキャット二機ずつを発進させることにし、一二本の索敵線上をそれぞれ二七〇海里ずつの距離を進出してゆく。

索敵機は第一、第二空母群のエセックス級空母四隻からそれぞれ四機ずつが発進してゆくことになった。

午前四時四八分。幕僚から報告を受けると、ハルゼー大将は索敵機の出撃を機動部隊指揮官のジョン・S・マケイン中将に命じ、まもなく大型空母四隻の艦上から一六機の偵察型ヘルキャットが飛び立って行ったのである。

日の出時刻は午前六時四分。米軍索敵機が発進したのは夜明け（薄明）を迎える四五分ほど前のことだった。

2

夜襲攻撃隊が奇襲に〝成功した〟との知らせは当然、連合艦隊の旗艦「武蔵」にも届いていた。

——しめた！　オアフ島の米軍航空隊が出撃できないとすれば、しばらくは機動部隊同士の戦いに専念できるぞ！

連合艦隊司令部の面々はそう思い、俄然《がぜん》、顔をほころばせたが、それは装甲空母「大鳳」艦上で指揮を執る、角田・第一機動艦隊司令部でも同じことだった。

「長官！　夜襲攻撃隊が期待どおりの戦果をおさめ、作戦はほぼ計画どおり、順調にいっております！　夜が明けるのは午前五時半ごろですが、五時には索敵機に発進を命じ、敵機動部隊を早めに見つけ出しましょう！」

第一機動部隊参謀長の有馬正文少将がそう進言すると、角田中将も即座にうなずき、午前五時を期して軽空母六隻の艦上から二式艦偵二〇機が次々と索敵に飛び立った。

艦偵はそれぞれ三五〇海里の距離を進出してゆくことになり、日本軍機動部隊もまた、索敵を開始したが、索敵機の発進は米軍機動部隊より一二分ほど後れていた。

そして、午前五時三二分には空が白み始め、オアフ島西方洋上は薄明を迎えたが、約三〇分後には両軍索敵機の差が結果となって表れた。

ヘルキャットが一四六ノットの巡航速度で飛行していたのに対して二式艦偵は二三〇ノットの巡航速度で飛び続け、発進時刻が遅かったのにもかかわらず、先に敵艦隊を発見したのは二式艦偵のほうだった。

午前六時三分。ほぼ真南へ向けて飛行していた二式艦偵一機が殊勲の第一報を発した。

『敵大艦隊見ゆ！　空母およそ一〇隻。わが機動部隊の南方およそ二一〇海里！』

それは第三機動部隊の軽空母「翔鳳」から発進した艦偵だったが、このとき角田中将麾下の三つの機動部隊はオアフ島の西北西およそ二七五海里の洋上まで軍を進め、ちょうど午前六時ごろから上空へ帰投して来た夜襲攻撃隊の攻撃機を収容し始めたところであった。

そのため、第二、第三機動部隊の母艦一二隻は収容作業に忙しく、「大鳳」よりすこし東へ離れて行動していた。

敵空母が〝およそ一〇隻〟というのだから、二式艦偵が報告して来た敵艦隊は米軍機動部隊にちがいなかったが、だとすれば、一刻も早くこれを攻撃すべきである。

オアフ島攻撃に参加しなかった第一機動部隊の空母艦上では、ちょうど都合よく第一波攻撃隊の発進準備がととのっていた。

空母戦は先手必勝だ。角田中将は当然、第一波攻撃隊に出撃を命じようとしたが、有馬参謀長がそれに待ったを掛けて進言した。

「長官、すこしお待ちください。わが機動部隊はいまだ敵機に接触されておりません。夜襲攻撃隊の収容が終わるのを待ち、第二、第三機動部隊の攻撃機も加えて第一波を出しましょう」

しかし、角田は首をひねった。

「そんな必要があるか？　兵は拙速《せっそく》を尊《たっと》ぶというではないか……」

有馬はあらためて説明した。

「索敵機は敵空母がおよそ一〇隻と報じております。多数の戦闘機を持つ敵に対して、第一機動部隊の艦載機だけで攻撃を仕掛けても多くの戦果を望めません。しかも、われわれはまだ発見されておらず、攻撃を急ぐ必要はありません」

「ふむ……」

それでもなお、角田は首をかしげたが、有馬はさらに言及した。

「航空戦は質にも増して量です。航空隊の被害を減らすためにも兵力の分散を避け、敵機動部隊へ大編隊で一気に襲い掛かるべきです！」

むろん一理あるので角田はすこし考えなおしたが、すぐに問いただした。

「それで、待ったとして……第一波攻撃隊をいつ出せる？」

「夜襲攻撃隊の収容は午前六時二〇分には終わるでしょうから、その約三〇分後、六時五〇分ごろには第二、第三機動部隊も第一波攻撃隊を準備できるはずです」

緒戦では空母「加賀」のエレベーターが旧式なため、攻撃隊の準備にかなりの時間を要した。一五分も余計に時間の掛かる「加賀」に歩調を合わせたため「真珠湾攻撃」のときは第二波攻撃隊の準備に四五分を要したが、第二、第三機動部隊の空母一二隻が装備する航空機用エレベーターは「加賀」ほど古くはない。したがって、有馬が言うように、第二、第三機動部隊の母艦は帰投機収容後、三〇分ほどで第一波攻撃隊を準備できるはずだった。

「六時五〇分か……。まあ、よかろう」

しぶしぶながらも角田はうなずいたが、そこへ先の二式艦偵から第二報が入り、敵空母は全部で一二隻存在し、米軍機動部隊は一五ノット程度の速力で北進しつつあることが判明した。

「敵はこちらへ向かいつつあるぞ……」

角田はそうつぶやき、注意を促したが、有馬は目をほそめながら応じた。

「はい。ですが依然として敵機の接触をゆるしておりません」

それが午前六時一五分ごろのことだったが、そのわずか五分後には状況が一変した。

有馬の予想どおり夜襲攻撃隊の収容は午前六時二〇分に完了した。そして、大西、松永両中将も米軍機動部隊を攻撃するために、第一波攻撃隊の準備を命じたが、そこへまるで計ったかのようにして二機の米軍偵察機が現れたのだ。

日本軍機動部隊との接触に成功したのはむろん写真偵察型のヘルキャット二機だった。

これで味方空母群の所在がついに米側の知るところとなり、第一機動部隊・第一波の発進を後らせるとした有馬の主張の正当性が俄然、失われてしまった。

「おい。発見されてしまったではないか……」

「第一機動部隊だけでも今すぐ攻撃隊を出すべきではないか⁉」

角田は当然そう指摘したが、有馬は考えを変えようとはしなかった。

「いえ、やはり兵力の分散は避けるべきです。あと三〇分もすれば第二、第三機動部隊も第一波の発進準備を終えますので、ここは何卒、もうしばらく辛抱いただき、攻撃隊の兵力を集中しましょう。今、発見されたばかりですから、すくなくとも一時間以内に米軍攻撃隊が来襲するようなことは絶対にありません！」

それは有馬の言うとおりだった。

米軍攻撃隊が来襲する前に第一波の全機が発進を終えられるとすれば、第一波の兵力をわざわざ分散させる意味はなかった。いや、兵力の分散はむしろ避けるべきだった。

「うむ……、なるほど。わかった。しかし第二波はどうする？」

第一波攻撃隊はよいとしても、角田が言うとおり、問題は第二波攻撃隊だった。

今、収容を終えたばかりだが、夜襲攻撃隊の彗星や天山にも再武装を施し、第二波攻撃隊として出す必要がある。

敵機が来襲するまでに第二波の発進が間に合うかどうかは、有馬もさすがに即答することができず、しばらく考えざるをえなかった。

たっぷり一分ほど考えてから、有馬はようやく口を開いた。

「……第二波が間に合うかどうかはまさに敵次第で正直わかりません。ですが間に合うものとして準備するしかありません。主力空母はみな、装甲を備えておりますし、レーダーもあります！」

すると、角田は重々しくうなずき、それ以上は訊かなかった。第二波攻撃隊の発進が間に合うかどうかは、それこそ〝やってみるしかない！〟と肚を据えたのだ。

その覚悟が有馬にもひしひしと伝わり、これは責任〝重大だ！〟と思った。

有馬はただちに「玄龍」「信濃」とみずから連絡を取り、第一波だけでなく、第二波の出撃準備も急ぐように伝えた。ただし米軍攻撃隊の接近をレーダーが早々と探知した場合には、彗星や天山の兵装作業を一旦中止して、それら攻撃機を上空へ退避させることにした。

こうして偵察型ヘルキャットの接触をゆるしてからは、空母一八隻の艦上が馬車馬のような忙しさでうごき出し、整備員らはみな、身を粉《こ》にして働いた。

にもかかわらず、第一波攻撃隊の準備は五分ほど後れ、その全機が飛行甲板で整列を終えたのは午前六時五五分のことだった。

第一波攻撃隊／攻撃目標・米空母群

・第一機動部隊
①重装空「大鳳」／紫電改九、彗星二七
①重装空「白鳳」／紫電改九、彗星二七
①重装空「玄鳳」／紫電改九、彗星二七
④装甲空「雲鶴」／紫電改九、天山二七
④装甲空「翔鶴」／紫電改九、天山二七
④装甲空「瑞鶴」／紫電改九、天山二七

・第二機動部隊
②重装空「玄龍」／紫電改九、天山一八
②重装空「亢龍」／紫電改九、天山一八
②重装空「昇龍」／紫電改九、天山一八
⑤軽空母「伊吹」／紫電改六
⑤軽空母「千歳」／紫電改六
⑤軽空母「千代田」／紫電改六

・第三機動部隊
③重装空「信濃」／紫電改九、彗星二七
③装甲空「飛鷹」／紫電改九、彗星一八
③装甲空「隼鷹」／紫電改九、彗星一八
⑥軽空母「翔鳳」／紫電改六
⑥軽空母「龍鳳」／紫電改六
⑥軽空母「瑞鳳」／紫電改六

※○数字は所属航空戦隊を表わす。

第一波攻撃隊の兵力は三個機動部隊を合わせて紫電改一四四機、彗星一四四機、天山一三五機の計四二三機。
四〇〇機を超える未曽有《みぞう》の大攻撃隊だ。

彗星はすべて五〇〇キログラム通常爆弾を装備し、天山は全機が航空魚雷を装備している。

弱い風が北東から吹いており、母艦一八隻は風上へ向けてすでに疾走していた。

そして、航空参謀が午前六時五五分に〝発進準備完了〟を告げると、角田、大西、松永の三中将は待ちかねたように出撃を命じ、一機も落伍することなく第一波攻撃隊の全機が、午前七時一〇分には上空へ舞い上がったのである。

第一波攻撃隊は大鳳降下爆撃隊を直率する江草隆繁少佐が指揮官となって出撃して行った。

3

時を同じくして、ハルゼー大将も第三八機動部隊に攻撃隊の発進を命じていた。

偵察型ヘルキャットの一機から午前六時二〇分過ぎに報告が入り、日本軍機動部隊が第三八機動部隊のほぼ真北・約二一〇海里の洋上で行動していることが判明すると、カーニー参謀長がハルゼー大将に進言した。

「敵空母群は今、艦載機の収容を終えたばかりのようです！　すこし距離が遠いので二〇ノットで北進し、三〇分後に攻撃隊を出しましょう」

ところがハルゼーは、けんもほろろにカーニーの進言を退けた。

「なにを悠長なことを言っとる！　準備が出来次第、ジャップ機動部隊に全力攻撃を仕掛ける。攻撃隊の発進準備を急げ！」

すでに各空母艦上には続々と攻撃機が並べられつつあり、米軍・第一次攻撃隊の発進準備は午前六時三〇分にはととのった。

第一次攻撃隊／攻撃目標・日本空母群

①空母「ホーネットⅡ」　出撃機数七〇機
（F6F一〇、SB2C二四、TBF三六）
①空母「タイコンデロガ」　出撃機数七〇機
（F6F一〇、SB2C二四、TBF三六）
①軽空「インディペンデンス」出撃数二二機
（F6F一〇、TBF一二）
②空母「ワスプⅡ」　出撃機数七〇機
（F6F一〇、SB2C二四、TBF三六）
②空母「ベニントン」　出撃機数七〇機
（F6F一〇、SB2C二四、TBF三六）
②軽空「ラングレイ」　出撃機数二二機
（F6F一〇、TBF一二）
③空母「フランクリン」　出撃機数七〇機
（F6F一〇、SB2C二四、TBF三六）
③軽空「バターン」　出撃機数二二機
（F6F一〇、TBF一二）
③軽空「カウペンス」　出撃機数二二機
（F6F一〇、TBF一二）
④空母「ハンコック」　出撃機数七〇機
（F6F一〇、SB2C二四、TBF三六）
④軽空「キャボット」　出撃機数二二機
（F6F一〇、TBF一二）
④軽空「モントレイ」　出撃機数二二機
（F6F一〇、TBF一二）

※○数字は各所属空母群を表わす。

第一次攻撃隊の兵力はF6Fヘルキャット戦闘機一二〇機、SB2Cヘルダイヴァー急降下爆撃機一四四機、TBFアヴェンジャー雷撃機二八八機の計五五二機。

先の「マーシャル沖海戦」時と同様に攻撃兵力は優に五〇〇機を上まわっているが、そのときとは攻撃隊の編成があきらかに変わっている。

飛行甲板に装甲を持つ、日本軍・主力空母に対する爆撃効果はうすく、致命傷を負わせるには雷撃が必須となる。そのため今回から、米軍機動部隊は思い切った戦術の転換を図り、雷撃機重視の攻撃編成に改めていた。

欲をいえばイギリス海軍のようにもっと雷撃機偏重の搭載比率に改めたいところであったが、降下爆撃隊・搭乗員の育成がもはやかなり進んでおり、雷撃機一辺倒の編成へ急に変えるには無理があった。

そこで今回はとりあえず、急降下爆撃機と雷撃機の搭載比率を〝一対二〟とする、という方針で話がまとまった。

兵装は、ヘルダイヴァーの全機が一〇〇〇ポンド爆弾を装備しており、アヴェンジャーの全機が航空魚雷を装備している。

攻撃隊には一二〇機のヘルキャットが随伴してゆくが、すでに一六機のヘルキャットが索敵に出ており、機動部隊指揮官のマケイン中将は二六〇機のヘルキャットを艦隊防空用として残しておくことにした。

風は都合よく北東から吹いており、第三八機動部隊は攻撃隊を発進させるために、大きく針路を変える必要がなかった。

航空参謀から〝発進準備完了〟の報告を受けるや、マケイン中将はすぐさま第一次攻撃隊に出撃を命じたが、エセックス級空母はいずれも七〇機もの攻撃機を発進させる必要があり、発進作業を終えるのにたっぷり三五分を要した。

そして午前七時五分には、第一次攻撃隊の全機が上空へ舞い上がったが、先に飛び立った攻撃機の燃料を節約するために、攻撃隊をおおむね二群に分けざるをえず、第一群は六時五〇分ごろに敵機動部隊上空をめざして進撃を開始し、第二群はそれを追い掛けるようにして七時五分に進撃して行った。

第一群兵力／計三二四機
　Ｆ６Ｆ七二、ＳＢ２Ｃ一四四、ＴＢＦ一〇八
第二群兵力／計二二八機
　Ｆ６Ｆ四八、ＴＢＦ一八〇

——よし！　出来るだけのことはやった！

　進撃してゆく攻撃隊を見送りながら、ハルゼー大将は会心の表情で、そう確信したのである。

4

日本軍機動部隊は索敵では先手を取ることに成功したが、攻撃隊の発進ではあきらかに米軍機動部隊に後れを取った。

　日本軍の第一波攻撃隊が発進を終えたのは午前七時一〇分のことだったが、米軍の第一次攻撃隊はそれより五分ほど早く、午前七時五分に発進を完了したのだから、ハルゼー大将が会心の表情を浮かべたのも当然といえた。

　さらに日本軍機動部隊は、帰投して来た彗星や天山に再兵装をおこなう必要があり、第二波攻撃隊の発進準備がようやくととのったのは、夜襲攻撃隊の収容を完了した一時間二五分後、午前七時四五分のことだった。

ところが、その約三分前の午前七時四二分には空中進撃中の第一波攻撃隊が米軍攻撃隊の第一群とすれ違い、指揮官の江草少佐機が緊急電を発して『三〇〇機を超える米軍攻撃隊の大編隊がわが機動部隊の方へ向う！』と知らせて来たのだからたまらない。

帝国海軍の空母一八隻は、第二波攻撃隊の発進と同時に、迎撃戦闘機もすべて上空へ舞い上げる必要に迫られたのだった。

江草機が米軍攻撃隊の第一群とすれ違ったのは味方機動部隊の手前・約九六海里の上空で、まもなく戦艦「武蔵」「大和」のレーダーもその機影をとらえて山本司令部から角田司令部にそのことが通報された。

角田中将の旗艦・空母「大鳳」の艦橋へ通信参謀が駆け込み、それを報告した。

「敵攻撃隊はあと四五分足らずで上空へ進入して来ると思われます！」

「なにっ!?」

通信参謀の報告に角田も思わず驚きの声を上げたが、無理もない。まずは迎撃戦闘機の発進を優先すべきところだが、空母一八隻の飛行甲板ではすでに第二波の攻撃機がぎっしりと並び待機しているのだった。

「どっ、どうする？」

角田はとっさに諮《はか》ったが、参謀長の有馬少将もさすがに躊躇《ちゆうちよ》した。

——第二波攻撃隊の発進は一五分もあれば終わるが、そうすると迎撃戦闘機の発進が後れる！だが逆に、迎撃戦闘機の発進を優先すれば、第二波攻撃隊の全機が発進を終える前に、空襲を受ける恐れがある！

味方機動部隊、いや、日本の運命がみずからの判断ひとつに掛かっている。そう思うと、有馬は頭が押しつぶされそうな重圧をひしひしと感じたが、第二波攻撃隊を先に出すのか、迎撃戦闘機隊の発進を優先するのか、すぐさまどちらか一方に決めなければ大惨事となりかねないほど事態は切迫していた。

角田中将も口を真一文字に結んで有馬の答えを待っている。その信頼に応えるべく、有馬は意を決して進言した。

「迎撃戦闘機の発進を優先します！　前部エレベーターで紫電改を至急、飛行甲板へ上げ、その発進が終わってから第二波に出撃を命じます。ただし『信濃』は戦闘機の数が多いため、一八機の紫電改を第二波の後に発進させて、それら一八機で機動部隊の直上を護ることにします！」

この時点で巨大空母「信濃」の格納庫では三六機の紫電改が待機していた。

角田はうなずいてみせたが、どうしても再確認しなければならなかった。

「それでよかろう。だが、第二波は空襲を受ける前に発進を終えられるかね？」

「……それはやってみなければわかりませんが、成算はあります。……風は運よく北東から吹いておりますので、わが空母群は迎撃戦闘機と第二波攻撃隊を発進させながら北進し、敵攻撃隊から遠ざかることができます。敵機が四五分後に進入して来るとすれば、迎撃に上げた紫電改で敵攻撃隊に足止めを喰らわせて、おそらく二〇海里ほど距離を稼げるでしょう。敵機の進入を五分も後らせることができれば、第二波攻撃隊もすべて発進できると考えます！」

有馬がそう言い切ると、角田もこくりとうなずき、いよいよ肚を固めた。

「……よし、わかった！　ならば、それでやってみよう！」

これで迎撃戦闘機隊の紫電改を先に舞い上げることになったが、搭載機数の少ない軽空母からの発進はおよそ問題なかった。

問題は大型空母からの発進だが、重装甲空母七隻はまず、紫電改一八機ずつを迎撃に上げる必要があり、その発進を終えるのに結局、二五分ほど掛かってしまった。

その間、空母一八隻は風上へ向けてほぼ全力で疾走し続け、北へ一〇海里ほど後退。時刻は午前八時一〇分になろうとしていた。その時点で米軍攻撃隊の第一群は、日本軍機動部隊の手前およそ四五海里の上空まで近づいていた。

先に舞い上がった紫電改六〇機ほどは、すでに敵・第一群に空戦を挑んでいたが、紫電改はいまだ数が少なく苦戦を強《し》いられていた。第一群のヘルキャットも果敢に応戦して来たが、そこへあとから飛び立った紫電改が次々と加勢してゆき、迎撃に向かった紫電改の数は、最終的に二五二機に達した。

そして、紫電改の数が一五〇機を超えるとヘルキャットは手も足も出ず、ヘルダイヴァーやアヴェンジャーは二〇ミリ弾の強烈な連射を喰らって次々と撃ち落とされていった。

そこへさらに米軍攻撃隊の第二群が加わり、空の戦いは再び混沌とし始めたが、にわかに海上へ目を移すと、午前八時一〇分ごろから重装甲空母七隻の艦上からもようやく第二波攻撃隊が発進を開始していた。

第二波攻撃隊／攻撃目標・米空母群

・第一機動部隊

①重装空「大鳳」／紫電改六、天山一八

①重装空「白鳳」／紫電改六、天山一八

①重装空「玄鳳」／紫電改六、天山一八

④装甲空「雲鶴」／紫電改六、彗星二七

④装甲空「翔鶴」／紫電改六、彗星二七

④装甲空「瑞鶴」／紫電改六、彗星二七

・第二機動部隊

②重装空「玄龍」／紫電改六、彗星二五

②重装空「亢龍」／紫電改六、彗星二三

②重装空「昇龍」／紫電改六、彗星二四

⑤軽空母「伊吹」／紫電改六、天山八

⑤軽空母「千歳」／紫電改六、天山八

⑤軽空母「千代田」／紫電改六、天山八

・第三機動部隊

③重装空「信濃」／紫電改六、天山二七

③装甲空「飛鷹」／紫電改六、天山一七

③装甲空「隼鷹」／紫電改六、天山一七

⑥軽空母「翔鳳」／紫電改六、天山八

⑥軽空母「龍鳳」／紫電改六、天山八

⑥軽空母「瑞鳳」／紫電改六、天山八

※○数字は所属航空戦隊を表わす。

第二波攻撃隊の兵力は三個機動部隊を合わせて紫電改一〇八機、彗星一五三機、天山一六三機の計四二四機。

ちなみに第二、第三機動部隊は、オアフ島空襲時に紫電改六機、彗星九機、天山八機の二三機を失っており、第二波の彗星、天山はすべてオアフ島攻撃から帰投して来たものだった。

第二波攻撃隊もまた、彗星はすべて五〇〇キログラム通常爆弾を装備し、天山は全機が航空魚雷を装備している。

母艦一八隻は迎撃戦闘機隊を発進させたあとも北東へ向けて疾走し続けていた。

くり返しになるが、「加賀」と同じ旧式エレベーターを装備している空母はもはや一隻もなく、緒戦の「真珠湾攻撃」時よりも一五分ほど時間が短縮されて、三〇分ほどで発進準備がととのうはずだった。ところが、実際には、第一波攻撃隊の準備にも第二波攻撃隊の準備にも三五分ほど時間が掛かってしまった。有馬の予想より五分ほど余計に時間が掛かったのは、飛行甲板に装甲を施した主力空母のすべてが、飛行甲板中央部のエレベーターを廃止して、航空機用エレベーターを二基に減じていたからであった。

雲鶴、翔鶴型空母三隻は、紫電改を一五機ずつしか発進させる必要がなく、すでに第二波攻撃隊の発進を開始していた。そこへ重装甲空母七隻も加わり、第二波の攻撃機がすべての空母艦上から続々と発進し始めて、有馬の思惑どおり、午前八時二五分には、第二波攻撃隊の全機が上空へ舞い上がった。

しかし発進作業はまだ、完全には終わっていない。続けて「信濃」は、機動部隊直上の護《まも》りに就く紫電改一八機も発進させる必要があり、それら紫電改もすべて上空へ舞い上げることができたのは午前八時三四分のことだった。

そのとき「信濃」は「大鳳」のはるか八〇〇〇メートル後方（南）に位置しており、「信濃」から最後の紫電改が飛び立つその様子が、「大鳳」からもかろうじて確認できた。

「紫電改もすべて発進に成功しました！」

双眼鏡を外して有馬がそう報告すると、角田は有馬の眼をしかと見すえて、〝よし！〟と大きくうなずいてみせたのである。

まもなく第二波攻撃隊は、雲鶴降下爆撃隊を直率する坂本明《あきら》少佐が空中指揮官となって進撃して行った。

5

自動空戦フラップによる旋回性能と二〇ミリ弾の命中率が従来の紫電より各段に向上し、およそ二五分に及ぶ空中戦の末に、紫電改は四八機を失いながらも、ヘルキャット四二機をふくむ二一六機を撃墜し、さらに一六八機に及ぶ米軍攻撃機を退散させていた。


けれども、味方機動部隊上空への進入を完全に阻止することはできず、迎撃戦闘機隊の紫電改は九〇機の米軍攻撃機を撃ちもらした。

運よく紫電改の迎撃網をかいくぐったヘルダイヴァー二九機とアヴェンジャー六一機は、三つの空母群のなかで、最も南寄りで行動していた第三機動部隊の空母六隻に狙いを定めた。

第一、第二機動部隊の空母はいずれも第二波攻撃隊を発進させるために二八ノット以上の速力で北東へ逃れていたが、第三機動部隊の「龍鳳」は二六・五ノットの速力しか発揮できず、「翔鳳」も二七・二ノットの速力しか出せなかった。そのため「信濃」「飛鷹」「隼鷹」「瑞鳳」の四空母は、速力に劣る「龍鳳」「翔鳳」に合わせて北進せざるをえず、結果的に、第三機動部隊が南へ逃げ後れてしまったのだった。

米軍攻撃隊の進出距離はもはや二〇〇海里を超えて二三〇海里ちかくに達していた。そのためヘルダイヴァーやアヴェンジャーはそれ以上の前進をあきらめて、当然、第三機動部隊の空母へ襲い掛かった。

しかし、そこではさらに一八機の紫電改が待ち構えており、九〇機の米軍機は突入を開始する前に猛攻を受け、あえなく二四機を戦力外にされてしまった。

いや、それだけではない。とくに多数の機銃を装備する航空戦艦「伊勢」「日向」や「信濃」の撃ち上げる対空砲火は激烈をきわめ、突入を開始してからも、米軍攻撃隊はさらに一八機を失い、結局、まともに攻撃することができたのはヘルダイヴァー一六機とアヴェンジャー三二機の四八機にすぎなかった。

しかも、米軍は先の「マーシャル沖海戦」で大量の搭乗員を失くしており、パイロットの練度が決して充分ではなかった。

第三機動部隊に対する空襲は二〇分ちかくにわたって続いたが、かれら白面のパイロットは、日本の空母に爆弾三発と魚雷四本を命中させるのが精いっぱいだった。

米軍攻撃隊に獲物を選り好みしているほどの余裕はなく、六空母の最後尾をゆく「龍鳳」が真っ先に狙われて、「翔鳳」にもヘルダイヴァー数機が襲い掛かった。

敵機が逆落としとなって降下し始めるや、両空母は懸命の回避をおこない、ともに爆弾五、六発をかわしてみせた。が、ついに「翔鳳」が一発の爆弾を喰らい、その直後に「龍鳳」も立て続けに爆弾二発を喰らった。

　命中したのはいずれも破壊力の大きい一〇〇〇ポンド爆弾だ。両空母の行き足はみるみるうちに衰えて、「龍鳳」は艦内で誘爆が発生し、業火《ごうか》に包まれながら七分後に航行を停止。「翔鳳」も速力が一気に一三ノットまで低下した。

　火災に見舞われながらも「翔鳳」は自力航行を続けていたが、そこへ、八機のアヴェンジャーが殺到して魚雷一本が命中。同艦はたちまち横倒しとなって海中へ没していった。

　かたや「龍鳳」でも退艦命令が出され、急ぎ短艇が降ろされて、駆逐艦「磯風《いそかぜ》」が乗員の救助に向かったが、そのさなかに艦内で三度目の誘爆が起こり、「龍鳳」もまた、あっけなく海中へ没していったのだった。

　二隻の軽空母は防御力の弱さを露呈したような格好となったが、空襲はまだ終わらない。

　第六航空戦隊の旗艦「翔鳳」に魚雷が命中した時点で、ヘルダイヴァーはすべて攻撃を終えていたが、魚雷の投下を終えていないアヴェンジャーがいまだ三〇機は残されていた。

　二隻の軽空母はもはや炎上中でアヴェンジャーのパイロットは俄然、新たな攻撃目標を選定する必要に迫られた。それには損害覚悟で北上しなければならないが、行く手の海上には男心をくすぐるほど魅力的で大きな獲物が在り、かれらの眼に否応なくその巨体が飛び込んで来た。

　ほかの空母へ襲い掛かろうとするアヴェンジャーは一機もなく、かれらは吸い込まれるようにして全機が「信濃」へ突入。しかし「信濃」の両脇には「伊勢」「日向」も控えており、周知のとおり激烈な対空砲火で一〇機以上のアヴェンジャーが投弾前に撃ち落とされたのだった。

それでもすべてのアヴェンジャーを撃ち落とすことはできず、一九機のアヴェンジャーが次々と魚雷の投下に成功。巨大空母の右舷からまず大きな水柱一本が昇り、次いで左舷からも立て続けに二本の水柱が昇って、「信濃」の飛行甲板を水浸しにした。

米軍雷撃隊の技量は高くはなかったが、すべての魚雷を避け切るには「信濃」の船体がいかにも大きすぎた。

第三機動部隊の旗艦である「信濃」には、当然松永中将が座乗しており、時刻は今、午前九時になろうとしていた。

魚雷命中の衝撃はそれほどでもなかったが、艦橋の高さをはるかに越える水柱が三本も昇り、松永自身もさすがに、これは〝やられたぞっ!〟と直感した。

いや、松永だけではない。幕僚の顔もみな青ざめていたが、「信濃」は大和型戦艦ゆずりの防御力を遺憾《いかん》なく発揮してみせた。

敵機が上空からすべて飛び去ると、艦長の阿部俊雄《としお》大佐は、艦内各所や機関部とただちに連絡を取って被害状況を確認し、それから五分と経たずして松永中将に報告した。

「本艦はいまだ二七ノットでの航行が可能で、艦載機の発着艦に支障はありません!」

これを聴いてみなが一斉に「おお……」とため息をもらし、松永自身もうなずいて、ほっと胸をなでおろした。

計三本の魚雷を喰らったが、「信濃」は機関部にまで被害が及ばず、いずれの魚雷命中も防水区画への浸水(合計・約四八〇〇トン)のみで被害を喰い止めていた。

第三機動部隊は米軍攻撃隊の空襲を一手に引き受けて「翔鳳」「龍鳳」を失いはしたが、「信濃」は爆撃を受けておらず、戦闘力を充分に維持してこの空襲を乗り切った。

しかし、松永中将は沈痛な表情を浮かべ、しばらく天を仰いでいた。「翔鳳」は轟沈《ごうちん》したといってよく、第六航空戦隊司令官の加来止男少将が艦と運命をともにしていたのである。

6

午前七時四二分。空中進撃中の第一次攻撃隊から〝敵機大編隊とすれ違う！〟との報告がまず入り、それから二分と経たずして戦艦「ニュージャージー」の対空レーダーが日本軍攻撃隊の接近を探知した。

「その数およそ四〇〇機！　敵攻撃隊はあと三五分ほどでわが上空へ進入して来ます！」

通信参謀がそう告げると、ハルゼー大将は即座に機動部隊司令部へ通報するよう命じ、マケイン中将はそれを受けて、すぐさま全ヘルキャットに発進を命じた。

風は北東から吹いている。空母一二隻は風上へ向けて一斉に疾走し始め、ヘルキャットが次々と上空へ飛び立った。

大型空母「フランクリン」「ハンコック」はそれぞれ三〇機ずつを迎撃に上げる必要があり、発進を終えるのに一三分を要したが、午前七時五七分には二六〇機のヘルキャットがすべて上空へ舞い上がった。

日本軍艦載機の巡航速度は軒並み速く、急いで迎撃に向かわねばならない。

ヘルキャットは飛び立ったものから順に高速で迎撃に向かい、自軍艦隊の手前およそ四五海里の上空で迎撃網を構築した。

いっぽう、ヘルキャットの発進を完了した空母一二隻は、日本軍攻撃隊との距離をすこしでも稼ぐために南へ向けて退避し始めた。

そして午前八時八分。ヘルキャットのほぼ全機が高度七〇〇〇メートルの上空で待ち構えていると、日本軍機の群れが北方に現れた。それを見てヘルキャットが突入を開始。空の戦いがいよいよ始まった。

第一波攻撃隊を率いる江草少佐は米軍戦闘機の出現を予期しており、紫電改三六機に突撃を命じてヘルキャットの切っ先を制した。制空隊の紫電改はたちまちグラマンの群れを突き崩したが、敵戦闘機の数がいかにも多かった。

紫電改の突入をかわした二〇〇機以上のヘルキャットが次々と襲い掛かって来る。江草はとっさに密集隊形を命じ、紫電改の多くを護りに残してこの攻撃を凌《しの》ぐしかなかった。

対する制空隊の紫電改は、五〇機ちかくのヘルキャットを相手にしながらも奮戦し、攻撃隊本隊が前進するための突破口を、徐々に切り開きつつあった。

江草本隊はそれを頼みに進軍し、米艦隊上空へ着実に近づいて行ったが、ヘルキャットも〝そうはさせじ！〟と波状攻撃を仕掛けて来る。

米軍戦闘機の息も継がせぬ攻撃が一五分以上にわたって続いたが、意外にも苦戦を強いられたのはヘルキャットのほうだった。

日本軍攻撃隊の本隊には、一〇八機の紫電改が依然として直衛に残されていた。

二〇ミリによる反撃がすさまじく、ヘルキャットは紫電改を排除するのに手こずった。眼前の日本軍戦闘機はあきらかに新型で、思いのほか旋回性能に優れ、逆に後ろを取られるヘルキャットが続出したのだ。

とはいえ紫電改のほうも、本隊の上空をがら空きにはできず、深追いは避けた。ヘルキャットを追撃しつつ二、三度は連射を加えるが、それでも落ちなければさっと引き返し、再び本隊の近くへ舞いもどった。

その動きに気づいたヘルキャットは俄然戦法を変え、一〇〇機余りで陽動を仕掛けて、紫電改を本隊から引き離しに掛かった。

紫電改のほうもほどなくして米側の意図に気づいたが、敵機の突入を無視できずヘルキャットをある程度、相手にせざるをえなかった。

そうした駆け引きがしばらく繰り返され、残る九〇機ほどのヘルキャットが紫電改の隙《すき》を突いていよいよ本隊へ襲い掛かって来た。

こうなると、さしもの紫電改も満足に味方攻撃機を護り切ることができず、彗星や天山はクシの歯が抜け落ちるようにして次々と撃ち落とされてゆく。

――くっ、こしゃくなグラマンめ！

危機的状況に江草もさすがに焦燥感を募らせたが、ヘルキャットも決死の覚悟で突っ込んでくるためいかんともし難く、ここは歯を喰いしばって前進を続けるしかなかった。むろんやられっ放しではない。紫電改も時にめざましい反撃をみせてグラマンを撃ち落とし、敵戦闘機を減殺してゆくが、グラマンはやはり屈強で落ちてゆくのは断然味方攻撃機のほうが多かった。

いつ果てるとも知れない敵機の猛攻が一〇分以上も続き、江草も背中にびっしょりと汗を掻いていた。が、午前八時二〇分過ぎにようやく江草は敵艦隊の一端を認めた。

はるか前方洋上に駆逐艦数隻が見える。

それら敵艦は南西へ向け遁走《とんそう》しようとしていたが、すこし様子がおかしい。その航跡があきらかに弧を描いているため、西へ〝転舵したばかりにちがいない！〟と見て取った江草は、そのままあえて直進を続けた。

すると、それから三分と経たずして、江草の読みがずばり的中した。

あきらかにちがう、別の駆逐艦数隻が、ひたすら南進しており、その前方洋上に、江草はついに敵空母群を発見したのだ。

――よし、しめた！　こちらが本命だ！

ガソリンの残量は充分で、江草はそう確信するや、攻撃隊の進軍速度を俄然、一八〇ノットから二二〇ノットへ引き上げた。

が、敵空母群はそれだけではなかった。

江草機によって真っ先に発見されたのはマケイン中将が直率する第一空母群だったが、ジェラルド・F・ボーガン少将の第二空母群もそのすぐ東に在り、増速した直後に江草は、ボーガン隊をも視界にとらえたのだ。

――おや、もう一群いるぞっ！　しめた、これで敵空母は六隻だ！

江草の眼に狂いはなくそれらは二群に分かれて疾走するエセックス級空母四隻と軽空母二隻だったが、そのときにはもう、第一波攻撃隊は紫電改四二機、彗星三三機、天山三九機の計一一四機を撃ち落とされていた。

いや、それだけではない。この時点で第一波攻撃隊は、六〇機以上のヘルキャットを返り討ちにしていたが、さらに彗星二四機と天山三〇機が痛手をこうむって戦場からの離脱を余儀なくされており、すでに一二〇機以上の攻撃機を減殺されていた。

離脱していった彗星、天山はかろうじて撃墜をまぬがれていたが、時刻は今、午前八時二五分になろうとしている。

――もはやこれ以上、攻撃機を失うわけにはいかない！

意を決するや、江草は急ぎ突撃命令を発し、攻撃兵力をほぼ均等に二手へ分けた。むろん発見済みの米空母二群に対して同時に攻撃を仕掛けようというのだが、突撃命令を発してからも攻撃隊はさらにグラマンの追撃を受けた。

二〇機余りのヘルキャットがなおも執拗に追いすがり、第一波攻撃隊はさらに彗星、天山六機ずつを失った。

いや、被害はそれにとどまらず、突入を開始してからも攻撃隊は、ＶＴ信管によるすさまじい高角砲弾の炸裂に見舞われて、対空砲火による迎撃だけで、さらに彗星二四機と天山二一機を失ってしまった。

突入後に四五機もの攻撃機を失い、対空砲火の弾幕を首尾よくかわして投弾の位置へ就くことのできた第一波の攻撃機は結局、彗星五七機と天山三九機の九六機にすぎなかった。

江草機も運よく突破に成功していたが、かれが直率する大鳳爆撃隊・第一中隊も、すでに二機が離脱を余儀なくされており、さらに三機の彗星を撃墜されていた。

しかし、ここまで来れば占めたもの。江草は愛機をふくむ、残る第一中隊の彗星四機で真っ先に突っ込み、第二空母群のエセックス級空母「ワスプⅡ」に見事、五〇〇キログラム爆弾一発を命中させた。その瞬間、するどい閃光が走り、艦上からオレンジ色の爆炎が昇った。

空母「ワスプⅡ」にはボーガン少将が座乗している。爆弾が飛行甲板のほほ中央に命中し、その炸裂を目の当たりにしたボーガンは落胆せざるをえなかった。

——ちっ、真っ先にやられるとは……、まったく付いていない！

艦内で火災が発生し、飛行甲板にも大きな孔が開いている。「ワスプⅡ」がしばらく発着艦不能となったのはあきらかで、速力も二六ノットまで低下していた。

竣工以来「ワスプⅡ」が被弾したのはこれがはじめてのことだったが、同艦の被害はそれで終わりではなかった。

速度の低下したところへ天山六機がすかさず襲い掛かり、投じられた魚雷のうちの一本が左舷に命中。大量の浸水をまねいて「ワスプⅡ」の速力はたちまち二三ノットまで低下した。

それは爆弾を喰らってから、わずか数十秒後のことで、ボーガンはまったく開いた口がふさがらなかった。

——やっ、やられた！　魚雷まで喰らうとは、なんたることだ！

そして、艦長のオスカー・A・ウェラー大佐が復旧に「一時間ちかくを要します！」と報告すると、ボーガンはかろうじてうなずいたが、「ワスプⅡ」の被害はまだマシなほうだった。

このとき第一、第二空母群のエセックス級空母四隻はいずれも空襲を受けており、「ワスプⅡ」の僚艦「ベニントン」は爆弾二発と魚雷二本を喰らって速力が一気に一四ノットまで低下し、復旧の見込みが立たず艦載機の発着艦はもはや絶望的となっていた。

時を同じくして、そのすぐ西をゆく第一空母群でも、旗艦の空母「ホーネットⅡ」が爆弾三発と魚雷一本を喰らって大破し、空母「タイコンデロガ」も爆弾五発を喰らって、航空母艦としての機能をすでに喪失していた。

両空母とも速力が大幅に低下して、「ホーネットⅡ」はなんとか二〇ノットの速力を維持していたものの、消火に手間取った「タイコンデロガ」は機関部にまで火の手がまわり、同艦の速力は一時四ノットまで低下してしまった。

その後、消火に成功して「タイコンデロガ」の速力は一五ノットまで回復するが、第一空母群の被害はそれだけで済まなかった。

同時に軽空母「インディペンデンス」も空襲を受け、爆弾一発と魚雷二本を喰らった「インディペンデンス」は左舷に二本目の魚雷を喰らった直後から急激に傾き、同艦はもはや海中へ没しようとしていた。

周知のとおり、第一波攻撃隊は彗星五七機と天山三九機が投弾に成功していたが、搭乗員の技量が特別に優れていたわけではない。降下爆撃隊は五隻の米空母に対して計一二発の爆弾を命中させていたが、その命中率はおよそ二一パーセントにすぎず、雷撃隊は四隻の米空母に計六本の魚雷を命中させていたが、こちらの命中率も一五パーセント程度であった。

しかしながら、五〇〇キログラム爆弾による爆撃効果はめざましく、飛行甲板に装甲を持たない米空母に対しては、いかにも有効で深刻な被害をもたらした。

いっぽう空中戦において、第一波攻撃隊は七八機のヘルキャットを撃墜しながらも、結局、紫電改五四機、彗星六三機、天山六六機の計一八三機が未帰還となり、その損耗率は四三パーセントに達していた。未帰還となった一八三機には対空砲火で撃墜された四五機もふくまれていたが、二月の「マーシャル沖海戦」では損耗率が四七パーセントに達していたので、彗星や天山に防弾装備を追加した効果がすこしはあった。

第一波攻撃隊の空襲はおよそ三五分に及び、江草機以下の全機が、午前九時には米艦隊上空から引き揚げた。

第一波攻撃隊は多くの犠牲を払いながらも、軽空母「インディペンデンス」を撃沈し、四隻のエセックス級空母のうちの「ベニントン」「ヨークタウンII」「タイコンデロガ」を大破して戦闘力を奪い、「ワスプII」にも中破の損害をあたえることに成功した。

中破した「ワスプII」も一時的に戦闘力を喪失しており、「ヨークタウンII」の復旧にはすくなくとも一時間は掛かりそうであった。

「第一二駆逐隊（駆逐艦四隻）による西への陽動は失敗し、わがほうは、『インディペンデンス』を喪失！　第一、第二空母群のエセックス級空母はいずれも空襲を受け、艦載機の運用に支障を来たしております！」

カーニー参謀長がそう報告すると、ハルゼーもさすがに沈痛な表情を浮かべた。

無理もない。午前八時五〇分には「ニュージャージー」のレーダーがさらなる日本軍機の接近をとらえており、通信参謀が日本軍攻撃隊の兵力はまたもや「四〇〇機を超えると思われます！」と報告していた。

この報告が正しいとすれば、オアフ島を空襲した敵艦載機が、再出撃準備を終える前に〝第一次攻撃隊で空襲する〟というもくろみは、どうやら空振りに終わったようだった。

当の第一次攻撃隊は敵空母に対する空襲をすでに終えており、日本軍の『空母二隻を撃沈、もう一隻を大破した！』と報告して来たが、おそらく艦上が〝空〟になった状態の敵空母を攻撃したのにちがいなかった。

そして、先ほど反撃を受け、味方の空母兵力はもはや半減している。

「第一次攻撃隊をのん気に収容しているような余裕はない……。帰投中の全機にオアフ島もしくはカウアイ島へ向かうよう、伝えよ！」

ハルゼーがにわかにそう命じると、カーニーも力なくうなずいたのである。

7

午前九時の時点で第三八機動部隊の上空を護るヘルキャットは、一七〇機となるまでにその数を減らしていた。撃墜されたヘルキャットは七八機だが、ほかに一二機が飛行困難となっており、それら一二機はすでに空母へ着艦していた。

ただし、索敵に出ていた一六機の偵察型ヘルキャットがすでに帰投しており、五分後には上空へ飛び立つ予定となっていた。

それら一六機のヘルキャットが発進すれば、艦隊上空を護るヘルキャットは全部で一八六機となるが、今、上空に在《あ》る一七〇機は、日本軍の新型戦闘機を相手にして、かれこれ一時間以上にわたって戦い続けており、パイロットの疲労はもはや極限に達していた。

そんな状態のところへ四二四機もの兵力を有する、日本軍の第二波攻撃隊がやって来たのだからたまらない。

迎撃戦闘機隊のパイロットはそれでもみな、懸命に戦い、新手の日本軍機との空中戦は午前九時一〇分ごろに始まった。そして、さらに八四機のヘルキャットを失いながらも、紫電改四八機、彗星三六機、天山四二機の計一二六機を撃墜し、ほかにも彗星二一機と天山二四機の計四五機を艦隊上空から退散させてみせた。

しかし、それが限界。空戦時間はおよそ一五分に及び、ガソリン不足におちいるヘルキャットが続出して、とても日本軍攻撃隊の進軍を阻止することはできなかった。

午前九時二五分。第二波を率いる坂本明少佐が洋上に米空母群を発見したとき、第二波攻撃隊はいまだ紫電改六〇機、彗星九六機、天山九七機の計二五三機にも及ぶ兵力を残していた。

ちなみに坂本明は海兵六三期の卒業、「マーシャル沖海戦」のときは大尉だったが、この五月一日付けで少佐に昇進していた。

紫電改を除外しても一九三機という攻撃兵力は充分すぎるほどだったし、坂本機は空中進撃中に江草機の発した報告電をもれなく受信し、一二隻の米空母が〝四群に分かれている〟ということをすでに承知していた。

第一波が攻撃を開始した時点で四つの米空母群はたがいに五海里と離れておらず、「ワスプⅡ」への爆撃を真っ先に終えた江草機は、上昇後に報告電を発し、南に敵空母群が『もう二群在り！』と伝えていた。

江草が伝えようとした相手は第二波攻撃隊を率いる坂本機にほかならず、坂本は江草機の発する電波に耳をそばだてていたのだ。

敵空母の数は一隻減って、すでに〝一一隻〟となっていた。

最も南東寄りで行動していた第四空母群との距離は一〇海里余り離れていたが、坂本機はみずから南進してこれを見つけ出し、すべての敵空母を一度は視界におさめた。

——よし、大型空母は六隻だ！　兵力は充分、すべて仕留めてやる！

あらためて気合を入れなおすと、坂本は午前九時二七分に突撃命令を発し、攻撃隊を急ぎ四隊に分け、みずからは彗星一九機と天山九機を直率して第四空母群の大型空母「ハンコック」へと襲い掛かった。

第二波攻撃隊／指揮官　坂本明少佐
・第一空襲隊→第四空母群（大一、軽二）
（彗星一九、天山九）
・第二空襲隊→第二空母群（大二、軽一）
（彗星二六、天山三三）
・第三空襲隊→第一空母群（大二）
（彗星二七、天山三一）
・第四空襲隊→第三空母群（大一、軽二）
（彗星二四、天山二一）

坂本隊長機の発した突撃命令を受け、残る三隊のうち、第二空襲隊の彗星二六機と天山三三機は空母「ワスプⅡ」を旗艦とする第二空母群へ襲い掛かり、第三空襲隊の彗星二七機と天山三一機は空母「ホーネットⅡ」を旗艦とする第一空母群へ襲い掛かった。

これら第一、第二空母群の敵空母は軒並み速力が低下して北方に取り残されていたが、空母「フランクリン」を旗艦とする第三空母群は、すでに南へ一〇海里ほど先行しており、こちらに対しては第四空襲隊の彗星二四機と天山二一機が攻撃に向かった。

ヘルキャットはもはや大きく数を減らし、紫電改が北方でその追撃を喰い止めている。が、それら敵戦闘機に代わって、今度は米艦艇がしゃかりきとなって一斉に対空砲をぶっ放してきた。

第三、第四空母群の空母はいまだ健在で、対空砲火も熾烈《しれつ》をきわめた。

坂本少佐の第一空襲隊は突入後に一三機の攻撃機を失い、結局、投弾に成功したのは彗星一〇機と天山八機でしかなかった。

それら一八機がすべて「ハンコック」へと襲い掛かり、二〇分に及ぶ攻撃で爆弾二発と魚雷一本を「ハンコック」に命中させた。

坂本機の投じた爆弾がまず飛行甲板を貫き、甲高い炸裂音が周囲にひびいて、「ハンコック」の格納庫からもうもうと黒煙が昇った。次いで二発目の命中弾も艦内奥深くで炸裂、ボイラーの一部が損害を受け、同艦の速力は一気に二五ノットまで低下した。それまで「ハンコック」は三〇ノット以上の高速で疾走していたが、これで一気に行き足がおとろえた。

そこへすかさず雷撃隊が突っ込み、魚雷一本が命中。空母「ハンコック」は応急修理に一時間を要する損傷を受け、速力が二二ノットまで低下したのだった。

しかし撃沈するにはいたらず、坂本は地団太《じだんだ》を踏み、悔しがった。

――くそっ！　対空砲火で一三機もやられるとはっ！　まったく付いとらん！

それら一三機が投弾に成功しておれば、あと二発ほど命中弾を得られたはずで、「ハンコック」はまさに、ＶＴ信管の対空弾によって救われたのにちがいなかった。

第一空襲隊の攻撃は「ハンコック」を中破するにとどまったが、その西で突入を開始した第四空襲隊はより多くの航空兵力で第三空母群へと襲い掛かっていた。

ところが、こちらの対空砲火も激烈で、とくに空母「フランクリン」の傍には、ハルゼー大将が座乗する戦艦「ニュージャージー」がぴったりと寄り添っていた。

「艦長！　『フランクリン』をなんとしても護り切れ！」

怒号の主はもちろんハルゼー大将で、両艦の撃ち上げる対空砲火は他を完全に圧倒し、第四空襲隊もまた、突入後に一五機の攻撃機を撃墜されてしまった。

それでも残る彗星一六機と天山一四機は果敢に突入し、空母「フランクリン」に意地で爆弾二発をねじ込み、軽空母「バターン」にも爆弾一発を命中させた。真っ黒な弾幕で「フランクリン」が死角に入り、一部の彗星は標的を「バターン」に変更せざるをえなかったのだ。

なるほど、戦艦「ニュージャージー」が近くで阿修羅のごとく立ち塞がり、雷撃隊は三機が「フランクリン」に魚雷を投じたがかすりもせず、残る天山一一機は「フランクリン」に〝魚雷を投じても命中させるのは不可能〟と判断、急遽「バターン」に狙いを変更して魚雷二本を突き刺したのだった。

結果的に、「バターン」が魚雷二本と爆弾一発を喰らって沈没し、同艦が身代わりとなって「フランクリン」の致命傷を防いでいた。

爆弾二発を喰らって「フランクリン」の速力も二五ノットに低下していたが、同艦は四〇分ほどで飛行甲板の孔を塞ぎ、艦載機の発着艦を可能にしていた。

そして、第三空母群の上空から日本軍機が飛び去ると、ハルゼー大将は〝少しでも多くの空母を救う必要がある！〟と判断し、ついに撤退命令を発したのである。

それは午前九時五四分のことで、第三、第四空母群はそのまま南進し、パルミラ方面へ退避して行ったが、第一、第二空母群はそういうわけにはいかなかった。

結果的に北方へ取り残された空母五隻はいまだに空襲を受けており、第二空襲隊と第三空襲隊がエセックス級空母に〝とどめを刺そう〟と躍起になっていた。

最大の兵力で空襲を受けた第二空母群には、彗星二六機と天山三三機が襲い掛かっていた。

午前九時前にハルゼー大将が帰投中の第一次攻撃隊に対してオアフ島かカウアイ島へ向かうよう命じると、ボーガン少将は独断で「ワスプⅡ」に東へ退避するよう命じていた。

ボーガン少将の旗艦「ワスプⅡ」は二三ノットでの航行が可能で、一四ノットしか出せない「ベニントン」を置き去りにしてでも「ワスプⅡ」を助けようとしたのだが、日本軍攻撃隊は、それを決して見逃してくれなかった。

しかも、肝心の空母自体の対空砲が第一波の空襲でかなり減殺されており、突入後に、対空砲火によって撃墜された第二空襲隊の攻撃機は八機にとどまった。

対空砲火を掻いくぐった彗星二一機と天山三〇機は、容赦なく「ワスプⅡ」と「ベニントン」へ殺到し、すでに半身不随となっていた「ベニントン」にまず爆弾二発と魚雷二本を命中させて、その息の根を止めた。

これまでに命中した魚雷・計四本のうちの三本が「ベニントン」の左舷に集中していた。

最後に命中した爆弾と魚雷がほとんど同時に炸裂。同艦は紅蓮《ぐれん》の炎に包まれながら左へ傾き、海中へ没していった。

ブルックリン工廠で「ベニントン」が竣工したのは八月六日のこと。同艦の命脈はわずか二ヵ月足らずで尽きた。

「べ、『ベニントン』が沈んでゆきます……」

幕僚の一人がそうつぶやいたが、「ワスプⅡ」もそれまでに爆弾二発と魚雷一本を喰らって、大破していたので、ボーガンはとてもそれどころではなかった。

ボーガンはたった今、日本の雷撃機六機が右舷前方から魚雷を投下してゆくのを目撃したばかりだった。見張り員が声を張り上げ、そのことを通報する。ウェラー艦長が即座に反応し、叫ぶように「面舵！」と命じた。

しかし、「ワスプⅡ」の速度はすでに一二ノットまで低下しており、六本の魚雷を回避するほどの余力はなかった。

二〇秒後、突き上げるような振動がボーガンの身体を揺さぶり、舷側から巨大な水柱二本が立て続けに昇った。

――や、やられたっ！

みながそう観念して、ボーガンもとっさに目を伏せた。みるみるうちに艦の行き足がおとろえてゆく。

そして八分後、空母「ワスプⅡ」は大きく右へ傾いたまま、ついに航行を停止した。

「機関が全滅し、復旧の目処が立ちません！　退艦の許可を願います」

ウェラー艦長がそう告げると、ボーガンはただうなずくしかなかった。

総員退去の命令がすぐに出され、駆逐艦を介して軽巡「コロンビア」への移乗が始まった。

それまでは気づかなかったが、ウェラー艦長の判断はやはり正しく、「ワスプⅡ」は徐々に傾斜を強めて沈みつつあった。もはやいつ、転覆してもおかしくない。

パールハーバーは近いが、曳航できるような状態ではなく、これでボーガンは「ワスプⅡ」「フランクリン」の二空母を失った。

第二空母群では唯一、軽空母「ラングレイ」が空襲をまぬがれていたが、すでにハルゼー大将が撤退命令を出しており、「ラングレイ」は「ワスプⅡ」と大きく離れて南へ退避していた。

時刻はちょうど今、午前一〇時になろうとしている。けれども西方上空では、なおも日本軍機が乱舞しているのが見えた。

ボーガンが眼にした西方の日本軍機は、マケイン中将の第一空母群へ襲い掛かった第三空襲隊の彗星、天山だった。

突撃開始から三〇分以上が経ち、第三空襲隊もさすがに攻撃を終えようとしていたが、それまで海上では、マケイン中将麾下の大型空母二隻がすさまじい攻撃にさらされていた。

第三空襲隊もまた、突入後に六機の攻撃機を対空砲火で撃ち落とされたが、第一空母群はすでに軽空母「インディペンデンス」を失い、「タイコンデロガ」の速力も一時四ノットまで低下していたため、旗艦「ホーネットⅡ」や艦艇同士の連携がすっかり失われていた。第三空襲隊が空襲を開始したとき、「タイコンデロガ」の速力は一五ノットまで回復していたが、「ホーネットⅡ」との距離は五海里ほど離れてしまっていた。

護衛艦艇も分散を余儀なくされて、対空砲火を集中することができない。それでも「タイコンデロガ」は投じられた爆弾や魚雷を上手くかわしていたが、午前九時三八分ごろに魚雷一本がついに左舷へ命中し、それ以降は日本軍機から、つるべ撃ちに遭ってしまった。

一気に速度が一〇ノットまで低下。そこを一五機の日本軍機から狙われて、さらに爆弾二発と魚雷一本が命中。突如として左舷中央付近から艦が真っ二つに裂けた。

この時点で「タイコンデロガ」には計七発の爆弾と魚雷二本が命中しており、たび重なる被弾で金属疲労が積もりに積もって艦の耐久力が極端に低下していた。

午前九時五二分。空母「タイコンデロガ」の左舷舷側で突如、疲労破壊が発生した。海水が一気に流入し始め、それから一〇分と経たずして、同艦は左へ横倒しとなりながら海中へ没していったのである。

狙う米空母が渦《うず》に呑み込まれ、一気に沈没し始めたので、残る天山七機は攻撃を中止し、新たな獲物を南にもとめた。

そして五海里ほど飛ぶと、そこでは同じ第三空襲隊の列機が空母「ホーネットⅡ」に猛然と襲い掛かっていた。

ところが「ホーネットⅡ」は、先ほどまで二〇ノットを発揮できたので、魚雷をすべてかわして爆弾二発の命中で切り抜け、いまだ一五ノットの速力を維持していた。

彗星はもはや全機が攻撃を終えており、残る攻撃兵力は、天山四機のみとなっていたが、そこへ南下した天山七機が駆け付けたのだ。

四機はすでに低空へ舞い下り、狙う米空母の右舷側から迫ろうとしている。それを見て南下した七機も急いで低空へ舞い下り、挟撃するようなかたちで左舷側から迫って行った。

空母「ホーネットⅡ」には、機動部隊指揮官のマケイン中将が座乗している。艦長のオースティン・K・ドイル大佐は、右から迫り来る四機には気づいていたが、新手の天山七機にはまるで気づいていなかった。

それにいちはやく気が付いたのはマケイン中将だった。マケインはパイロットの資格を持ち、空母「レンジャー」の艦長も経験している。

「艦長！　左からも五機以上が来るぞ！」

しかし、そのときにはもう、「ホーネットⅡ」の艦首はすっかり右へ振り切れており、到底、間に合わなかった。

ドイル艦長の操艦は的確で四本の魚雷はきっちりとかわしてみせた。

が、気づくのが遅すぎて、左方から投じられた魚雷を回避するのは不可能だった。

するすると魚雷が近づき〝あっ！〟とマケインが身を伏せた直後に、地を揺るがすような烈しい振動が起き、「ホーネットⅡ」の左舷から、巨大な水柱二本が立て続けに昇った。

あまりの衝撃に腰が抜けてしまいマケインは立ち上がることができない。「ホーネットⅡ」もまたこれまでに全部で爆弾五発と魚雷三本を喰らっており、あっという間に航行を停止した。

三本の魚雷はすべて左舷に集中しており、「ホーネットⅡ」も航行を停止したあと、急激に左への傾斜を強めて、およそ四〇分後には海中へ没していったのである。

ドイル艦長や多くの者は沈没前に艦から脱出したが、再三の退艦要請にもかかわらず、マケイン中将はそれを拒み続け、「ホーネットⅡ」と運命をともにした。

マケインは直率する第一空母群の「ホーネットⅡ」「タイコンデロガ」「インディペンデンス」の三空母をすべて失い、とても生きて還る気がしなかったのだ。

第一空母群の上空からすべての日本軍機が飛び去ったとき、時刻は午前一〇時五分になろうとしていた。

8

第二波攻撃隊もまた、一六八機に及ぶ攻撃機が未帰還となっていた。

こちらの損耗率も四〇パーセントちかくに達しており、第二波攻撃隊は降下爆撃隊がおよそ一七パーセントの命中率を計上し、雷撃隊の命中率は一五パーセント程度だった。

日本軍・第一波攻撃隊と第二波攻撃隊は全部で三五一機に及ぶ攻撃機を失いながらも、エセックス級空母四隻とインディペンデンス級軽空母二隻を撃沈し、さらにエセックス級空母二隻に対して大破にちかい損害をあたえた。

空襲時、日本軍機動部隊は北東へ向けて距離を稼ぎ、米軍機動部隊は南方へ退避したため、午前一〇時の時点で、双方の距離は二五〇海里ほどに開いていた。

松永中将の第三機動部隊は「翔鳳」「龍鳳」の軽空母二隻を失いはしたが、旗艦「信濃」はいまだ充分に戦闘力を保持している。

機動部隊全軍をあずかる角田中将はさらに戦果を拡大するため、米軍機動部隊に対して二の矢を継ごうとしていたが、一六隻の母艦は、帰投して来た攻撃機を収容するたびに艦首を北東へ向ける必要があり、なかなか思うように南進することができなかった。

第一波の攻撃機は午前一〇時二〇分ごろから順次、艦隊上空へ帰投し始め、一六隻の母艦は午前一〇時四五分にはその収容を完了した。

また、第二波の攻撃機も午前一一時二五分ごろから艦隊上空へ帰投し始めて、第一、第二、第三機動部隊はそれら帰投機の収容を午前一一時五〇分までに完了した。

多くの攻撃機が被弾しており、修理を急がねばならないが、角田中将は敵艦隊との接触を保つために、一二機の二式艦偵に発進を命じた。

それが一一時五五分のことで、午後一時二〇分には二式艦偵の一機がはるか南方洋上に米空母三隻を発見したが、それら敵空母との距離はすでに三二〇海里ほど離れていた。

それでも角田は「天山なら充分にとどくのではないか？」と諮ったが、有馬参謀長はやんわりとこれに反対した。

「たしかに天山はとどきますが、敵艦隊上空へ達するのに二時間は掛かります。攻撃距離は三六〇海里を超えることになり、紫電改は敵艦隊上空で充分に戦えません。だとすれば天山は非常な消耗を強いられます。……それよりも私はオアフ島の敵航空隊が気になります。米空母から反撃を受けるようなことはもはやありませんが、オアフ島の敵航空基地はこの九時間ほどで立ちなおっている可能性があるからです」

夜襲攻撃隊がオアフ島上空から引き揚げたのが午前四時半過ぎのことだから、有馬が指摘したように、それからそろそろ九時間以上も経過しようとしていた。

そして結局、帰投機を修理しながら即時再発進可能な機を選別するのに、たっぷり一時間半ほど時間が掛かってしまった。午後一時二〇分ごろには第三波攻撃隊の発進が可能となっていたが、たしかに反撃して来る可能性があるのは、米空母の艦載機ではなく、オアフ島の敵基地航空隊のほうにちがいなかった。

角田はしぶしぶ有馬の進言にうなずき、基地攻撃用の兵装を命じて、第三波攻撃隊をオアフ島の再攻撃に用いることにした。

ハルゼー大将の早めの撤退命令が功を奏し、残存の米空母は再攻撃をまぬがれたのだった。

そもそも空母兵力が〝一八対一二〟と敵味方に大きな開きがあったので、ハルゼーは、オアフ島を盾《たて》にして〝横やりの攻撃を仕掛ける！〟という戦法ひとつに賭けていた。

ところが、肝心のオアフ島航空隊がいきなり壊滅してしまい、第三八機動部隊の上空へ来襲した敵艦載機も結局、八四〇機余りをかぞえた。

二六〇機のヘルキャットを防空用に残しておいたが、その三倍以上もの敵攻撃機が来襲したのだから、ハルゼーとしては〝計画は破綻した！〟と考えざるをえず、早々と撤退を決めたのも当然の処置だった。

それでも参謀長のカーニーは一度は訊いた。

「オアフ島を見捨てて撤退するのですか？」

するとハルゼーは、毅然としてカーニーに問いただした。

「ならば訊くが、これ以上わが空母を戦場にとどめて、オアフ島を護り切れるかね？　もし護れると言うなら、全滅も厭《いと》わない！」

カーニーも念のために訊いただけで、そもそも撤退には賛成だった。

空母「フランクリン」と「ハンコック」はこの決定に救われ、大きな被害を受けながらも残る軽空母四隻とともに戦場からの離脱に成功、一〇月一一日・正午過ぎにサンディエゴへ帰投して来るのであった。

いっぽう午後三時過ぎには、有馬少将の進言の正しさが証明された。オアフ島から陸海軍混成の敵攻撃隊六〇機ちかくが来襲して、日本の空母に空襲を仕掛けて来たのだ。しかし空母には二〇〇機以上の紫電改が残されており、角田機動部隊はその空襲を難なく退けた。

これに対して、角田機動部隊のほうも午後二時にまず第三波攻撃隊、次いで午後二時四五分に第四波攻撃隊を放って、今度こそオアフ島航空隊の息の根を止めた。

ホイラー、エヴァ両基地からは四〇機ほどの米軍戦闘機が飛び立って来たが、第三波攻撃隊の紫電改一〇八機がその迎撃を退け、第四波攻撃隊の空襲がまさにとどめとなって、オアフ島航空隊は事実上、壊滅した。

反撃の芽をすべて摘み取られ、オアフ島の防衛は、もはや陸軍守備隊の非常なる奮戦に期待するしかなかった。

一〇月三日・午後七時。チェスター・W・ニミッツ大将とその幕僚は、修理した三機の飛行艇に分乗してオアフ島から脱出、ハワイ島のヒロ湾をめざした。

「しかし、残念でなりません……」

飛行艇へ乗り込む前に、参謀長のマクモリスがそうつぶやくと、ニミッツは苦々しい表情で、これに応じた。

「ああ。マケインも『ホーネットII』からの退艦を拒み続けたそうだ……」

「ええ、惨敗です。先の『マーシャル沖海戦』といい、わがほうはまたしても、機動部隊指揮官を喪《うしな》う羽目となりました」

するとニミッツは、しみじみとつぶやくように悔恨した。

「わが国の建艦方針がまちがっていたのだ。海軍省ばかりを責められないが、エセックス級空母の量産に過度に期待した当局の責任はきわめて大きい。……装甲空母なしでは、雪だるま式に被害が増えるばかりで、もはや戦えない！」

ニミッツが吐き捨てるようにして、最後にそう言及すると、マクモリスもそれを認めて、大きくうなずいたのである。

ハワイの防衛はもはや風前のともし火となっていた。

VICTORY NOVELS　ヴィクトリー ノベルス

装甲空母大国(3)
電撃のハワイ作戦！

2024年7月25日　初版発行

著　者　　原　俊雄
発行人　　杉原葉子
発行所　　株式会社 **電波社**
〒154-0002　東京都世田谷区下馬6-15-4
TEL. 03-3418-4620
FAX. 03-3421-7170
https://www.rc-tech.co.jp/
振替　　00130-8-76758

印刷・製本　中央精版印刷株式会社

ISBN 978-4-86490-266-3 C0293

戦記シミュレーション・シリーズ

ヴィクトリーノベルス 絶賛発売中!!

VICTORY NOVELS

超時空AI戦艦「大和」

1 南洋沸騰！奇跡の連続勝利

2 無人攻撃隊突入せよ！

艦隊戦の予測、さらには敵国の動向まで…

令和日本の最新科学により未来を知る無敵艦隊！

橋本 純

定価：各本体950円＋税